校庭の迷える大人たち
The Odd Stories
in The
Schoolyard
Dai
Oishi
大石大
光文社

校庭の迷える大人たち

The Odd Stories
in The
Schoolyard

目次
Contents

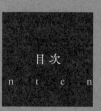

カバー写真………本城直季

装幀………大岡喜直（next door design）

シェルター

息子の授業参観のために、新城幹太《しんじようかんた》は久しぶりに有給休暇を取得した。

学校に着いたときには、もう授業は始まっていた。電話をかけてきた部下に仕事のアドバイスをしていたせいで遅れてしまったのだ。

六年二組の教室を覗《のぞ》くと、児童は五、六人ずつの班に分かれていて、女性の先生が「登場人物それぞれの心情を話し合ってみて」と呼びかけていた。どうやら国語の授業のようだ。

息子の颯太《そうた》は、ほかの児童の意見に「それ面白い」と合いの手を入れたり、誰かが冗談を言うと「そんなわけねえじゃん！」と突っ込んだりしている。班の中心になっているようだった。

しばらくして、先生が「はい、そこまで！」と声を張り上げた。

「じゃあ一班から順に話し合ったことを発表してもらいます。一班は……高谷《たかや》くん、お願いできる？」

高谷という男の子が快活な口調で班の意見を述べ、先生は「高谷くん、今日は気合いが入ってるね！　じゃあ二班は、新城くん、お願いします」と続けた。颯太が立ち上がり、よく通る声で話し始めた。話し合いの中で出た冗談交じりの意見もつけ加え、教室に笑いを起こしていた。

「颯太くん、堂々としてますね。昔はおとなしい子だったのに」

近くにいた顔見知りの母親が話しかけてきた。

「ありがとうございます」

「背もずいぶん伸びましたね。昔はクラスでも背が低い方でしたよね？　前に話してましたよね、冷蔵庫のプリンに手が届かなくてわんわん泣いたことがあるって」

「ええ」

幹太はあいづちを打っていたが、本当は彼女の話を聞いている余裕などなかった。教室での颯太の姿に、幹太は狼狽《ろうばい》していた。

颯太は昔から物静かで、自分から口を開くことはめったになかった。それは今も変わらない。昨年、係長に昇進して仕事が忙しくなり、家にいる時間も減ったが、颯太の性格くらい把握しているつもりだ。

今、幹太が目の当たりにしている颯太は、自分の知っている息子とはまるで別人だった。

別人……。

その言葉が頭に浮かんだ瞬間、幹太は唾《つば》を飲み込んだ。もう十一月だというのに、背中から汗が噴き出していた。

学校では家にいるときと違って活発だ、というだけなら心配はない。

問題は、ここがK小学校ということだ。

あそこにいるのは、本物の颯太ではないのかもしれない。

約三十年前の出来事を、幹太は思い返していた。小学六年生の九月末、幹太がK小に転校して一カ月が経《た》とうとしていたときのことだった。

＊

あ、やばい。

という声が後ろから聞こえた直後、幹太の頭に何かがぶつかった。と同時に、「ごめん！」という声が教室の後方から上がる。床を見ると、くしゃくしゃに丸めたプリントが転がっていた。

「あ、何だ、幹太か」

「ごめん！」と謝ったのと同じ声の主が言った。その言葉を受けて、何人かが忍び笑いを漏らし、別の誰かが「悪いけど捨てといて！」と声を上げた。

幹太はゴミ箱に紙くずを捨て、そのまま廊下に出た。教室にはもういたくなかった。騒がしい昼休みの廊下をたった一人で歩きながら、今の姿を父が見たらきっと失望するだろうな、と思った。

父の転職を機に、転校することになった。引っ越し先のアパートは部屋が少なく、幹太は自分の部屋を与えてもらえなかった。それまで自室のテレビでいくらでもスーパーファミコンができたのだが、居間にしかテレビがないせいで気軽にはできなくなった。

ドラゴンクエストの最新作を発売日に買ってもらうという約束も、引っ越しのあわただしさの中でいつの間にか反故《ほご》になった。父は「転職」とだけ言っていたが、あるとき母が「お父さん、会社がつぶれちゃって、いろいろ大変なの」とこっそり教えてくれた。給料が減ったのかもしれないと思い、ドラクエをねだるのはやめておいた。

そんな父は、夕食中に酒を飲みながら、同僚の愚痴を毎日のように母に聞かせていた。幹太はその話を聞きたくなかったので、テレビに意識を集中させながらご飯を食べていたが、それでも父の吐き捨てる「暗い奴《やつ》でこっちまで気が滅入《めい》ってくる」とか「友達いないんじゃねえか？」とかいう言葉が、幹太の耳に突き刺さってきた。

母は、父の愚痴をいつも静かに聞いていた。以前、夫婦喧嘩《げんか》の末に父が手を上げたことがあり、それ以来母は父に口答えをしないようになったのだ。

父のことを考えながらあてもなく歩いていると、廊下の先が行き止まりになっていた。右側には会議室があり、左側には理科室と家庭科室が並んでいる。周囲に人の姿はなく、子どもの声が遠くから聞こえてきた。

目の前に鍵が落ちているのに気がついた。拾ったとたん、幹太の胸は懐かしさでいっぱいになった。

七月まで通っていた学校でも、四年生になったばかりのとき、校舎内で鍵を拾ったことがあった。たまたまトイレで一緒になった、水野《みずの》悟《さとる》という同級生と教室へ戻る最中のことだった。キーホルダーはついていたが、文字がかすれ、最後の「室」という字しか解読できなかった。幹太は先生に届けようとしたが、悟はそれを遮《さえぎ》った。

「これ、どこの鍵なのか、一緒に探そうぜ」

彼の一言をきっかけに、学校を舞台にした冒険が始まった。先生に見つからないように気をつけながら、校舎の端の部屋から順に鍵を差し込んでいった。

鍵穴を探す旅は、刺激に満ちていた。

ふだんは先生に怒られるようなことは避けていたけれど、悟と一緒だと、恐怖心もスリルとして楽しむことができた。毎日歩いているはずの廊下に、ポンプ室や電気室、表示がない謎の小部屋など、それまで気づかなかった部屋がたくさん並んでいるのにも驚いた。

休み時間中に見つけることはできず、昼休みに続きをやることにした。

「鍵のこと、誰にも言うなよ。俺たちだけの秘密だぞ」

口元に人差し指を当てる悟の目を見て、幹太は何度もうなずいた。

昼休み、備品室の鍵が回る「かちゃん」という音を耳にした瞬間、幹太は思わず息を呑《の》み、悟と目を合わせた。

部屋は教室半分ほどのサイズで、壁際に設置された棚には大量の筆記用具や色画用紙が並んでいた。反対側には開封前の段ボール箱がいくつも積み上げられており、奥には身体測定で使う身長計や体重計などが置かれていた。

学校の裏側を味わうような気分で中の様子を観察してから、職員室に鍵を届けた。

その日を機に、悟と仲よくなった。クラス替え直後、なかなか友達ができずにいた幹太だったが、クラスの人気者だった悟と仲よくなれたおかげで一気に友達が増えた。

進級してからも、悟とは同じクラスになった。悟とは放課後や休日も一緒に遊ぶことが多く、よく幹太の家で一緒にドラゴンクエストをプレイした。

悟たちと過ごした学校生活や、悟とテレビゲームに興じた日々が懐かしかった。今の自分には、一緒に遊ぶ友達もいなければ、テレビゲームを存分に楽しめる部屋もない。

拾った鍵は、すぐに届けることにした。一人で鍵穴を探したところで、楽しくも何ともない。

踵《きびす》を返そうとしたとき、幹太の目は、壁に並んだドアに釘《くぎ》づけになった。

三つ並んだドアのうち、両脇のドアは鉄製なのに、真ん中のドアだけが木でできていて、明らかに年季が入っていた。また、両脇のドアにはノブがついているのに、真ん中だけ引き戸だった。

おかしなことはそれだけではなかった。真ん中の引き戸と、両脇のドアとの間には、それぞれ五センチメートル程度の幅しかなかった。この部屋は、引き戸と同じ幅しかないことになる。両脇の部屋は、ドアの上に表示があった。向かって右は理科準備室、左側は家庭科準備室とある。だが、真ん中だけ何の表示もない。

幹太は手元の鍵に目を落とした。もしかして。そう思い、真ん中の引き戸に鍵を差し込んだ。

かちゃん、という音とともに、鍵が回った。

戸を開けた先にあったのは、かつての自分の部屋とまったく同じ光景だった。

部屋の右側には幹太が使っているのと同じ勉強机が、左側には箪笥《たんす》と押し入れがあり、正面には引っ越し前に捨てたはずのテレビが置かれていた。

夢の中にいるような心地で、幹太は戸を閉め、上履きのまま部屋に入った。内装は昔の家とまったく同じだが、部屋は少し広い気がする。天井も高く、蛍光灯からぶら下がっているスイッチに手が届かなかった。置かれているものは一緒なので、やけに殺風景に感じられた。すぐ両隣に部屋があるのに、どうしてこれだけのスペースを確保できるのかが不思議だった。

テレビの横に窓があった。窓の外にはかつて暮らしていた町の風景が広がっている。窓を開けようとしたが、クレセント錠は接着剤で固めたようにびくともしなかった。

窓の下に大きな段ボール箱があった。以前は、この箱の中にゲーム機とソフトを入れていた。箱を開けた瞬間、興奮が全身を支配した。

中にはファミコンとスーパーファミコンがあった。一緒に入っていたソフトも、幹太が持っているものばかりだった。

だが、一本だけ持っていないソフトがあった。たくさん並んでいるソフトの中に、ずっとほしいと思っていたドラゴンクエストの最新作が交じっていたのだ。

胸の高鳴りを感じながら、ソフトを本体に差し、スーパーファミコンをテレビとつなげた。

ゲーム機のスイッチを入れ、お馴染《なじ》みのオープニングの音楽が流れてきた瞬間、コントローラーを持つ手が震えた。

ドラクエだ……。

飛び跳ねたいほどの喜びを覚えながら、幹太は主人公の名前を入力した。テレビの上にある置き時計が、五時間目の開始時刻である十三時半を示している。チャイムの音は聞こえなかった。急いで戻らなきゃ、と思いながらも、腰を上げる気にはどうしてもなれなかった。

初期設定を終えて物語が本格的に始まると、授業をサボっていることへの罪悪感すらなくなり、幹太はゲームに没頭した。

あっという間に二時間が経ち、下校時間になった。今になって、教室に戻らなかったことの重大さに気がついた。急に幹太がいなくなって、みんな心配しているかもしれない。いったいどんな顔をして戻ればいいだろう。

幹太はセーブをしてから電源を切り、外に出た。廊下に人の姿はなかった。

下校する子どもたちの流れに逆行しながら教室へ向かっていると、さっきまでの出来事は現実ではなかったのではないか、という気がしてきた。学校に、昔の自分の部屋があるわけがない。学校から逃げたいという気持ちが強すぎて、自分にとって都合のいい幻覚を見ていたのではないか。

教室には、十人近い同級生が残っていた。幹太が教室に入っても、誰も何も言わない。安堵《あんど》する一方で、自分は姿を消しても問題にされない存在なのかと思い、悲しくもなった。

誰が置いたのか、幹太の机には自分のランドセルが載っていた。中を開け、教科書とノートがちゃんと入っているのを確認していると、「忘れ物しちゃった」という声とともに、担任の先生が入ってきた。

教科書を持って廊下に出ようとした先生の目が、幹太を捉《とら》えた。怒られると思い、身を硬くしていたが、彼女は「さよなら、幹太くん」と言って頰をゆるめた。存在感がなさすぎて、いなくなったことにすら気づいてもらえないのか、とショックを受けていると、先生は笑みを見せたまま言った。

「今日、初めて授業で手を挙げてくれたね。積極的でよかったよ」

先生がいなくなってからも、幹太はその場に突っ立ったままだった。授業で手を挙げてなんかいない。ほかの誰かと勘違いしているのだろうか。

帰る前に、昇降口に掲示されている校舎の見取り図を見たが、二つの準備室は隣り合っていて、幹太が入った部屋は載っていなかった。

家に帰ると、母もパートから帰ってきたばかりだったらしく、部屋着に着替えているところだった。

「連絡帳出してね」

着替えを終えてから、母が言った。母にわたしたあとで、帰りの会に出ていなかったせいで連絡帳を書けなかったことに気がついた。

「ごめん、今日連絡帳書いてない」

「え、どうして？」

連絡帳を開いた母が、戸惑った様子で言った。「何よ、ちゃんと書いてるじゃない」

「ええっ？」

連絡帳を覗き込むと、今日の連絡事項が、自分の字とそっくりの筆跡で書かれていた。

「ちょっと、どうしちゃったのよ？」

「ごめん、何か、勘違いしてたみたい」

幹太はランドセルを持って、逃げるように部屋の隅にある勉強机に向かった。サボった授業のノートを開くと、国語と社会のノートには、やはり自分が書いたとしか思えない筆跡で、書いた覚えのない文字が並んでいた。そして、自分で書いたとは思えないくらい、わかりやすいノートになっていた。


翌朝、登校した幹太は、まっすぐ特別教室が並ぶ廊下へ向かった。昨日の出来事は全部夢か幻だったのではないか、という気がしていたのだ。

だが、昨日と同様、二つの準備室の間には古びた引き戸がちゃんと存在している。幹太が引き戸を見つめていると、廊下の向こうから足音が近づいてきた。

「どうしたんだ？」

男の先生が、幹太を見て眉をひそめた。

「あの、この部屋って何なんですか?」

幹太が真ん中の引き戸を指さして尋ねると、先生は壁と幹太の指先を交互に見て、徐々に顔を引きつらせた。

「君、何言ってるんだ?」

先生は気持ち悪いものを見るような目を幹太に向け、理科準備室に入っていった。ドアが開いている間、室内の様子が少しだけ見えた。どう考えても、昨日入った部屋のスペースと重なり合っているように思えてならない。

鍵を開けると、やはり昨日と同じ空間が広がっていた。スーパーファミコンを起動させると、セーブデータは残っていて、昨日の続きが遊べるようになっていた。

もう、自分が夢や幻の中にいるとは思えなかった。

ここは、幹太のためだけに用意された部屋なのだ。自分の部屋がほしい、ドラクエの最新作をやりたい、という願いを、何者かが叶《かな》えてくれたのだ。

そして、幹太がこの部屋に入っている間、教室では……。

丸一日サボる勇気はなく、幹太はいったん教室へ戻った。午前中は授業を受け、昼休みに再度、部屋へ向かう。ドラクエを堪能し、十五時半過ぎに教室へ戻ると、昨日と同様、机上にランドセルがあった。先生はまだ教室にいたが、幹太を見ても何の反応も示さない。連絡帳にはこの日の連絡事項が記入されている。六時間目に行われた算数のノートには解いた覚えのない計算式が並び、そのすべてに丸がついている。

きっと、あの部屋に入っている間は、もう一人の自分のようなものが現れ、幹太の代わりに授業を受けてくれているのだろう。

「幹太、今日の体育、すごかったな！」

一度も話したことのない同級生が、幹太に声をかけながら通りすぎていった。

体育は五時間目だったので、もう一人の自分が受けたのだろう。だけど、幹太は運動神経が悪く、体育の時間で「すごかった」ことなど一度もないのだ。

それに、算数も苦手科目で、特に計算問題にはいつも苦戦しているのに、ノートを見ると全問正解している。

どうやら、もう一人の自分というのは、単に自分をそのままコピーしただけの存在ではないらしい。


翌日は朝から部屋へ向かい、一日中ドラクエをプレイした。部屋を出るのはトイレに行くときだけだった。トイレは必ず授業中に済ませるように心がけた。休み時間になると、教室移動でたくさんの児童が廊下を歩く。部屋のドアは自分にしか見えないようなので、ほかの人からは壁の中から幹太が現れるように見えるはずだ。だから毎回、外に出るときは緊張した。そっと引き戸を開け、人の気配がないことを確認してから廊下に出た。部屋の出入りを減らすため、給食も我慢することにした。

下校時間になったが、ゲームをやめたくなくて、そのままプレイを続けた。ところが十六時になると、急に手元からコントローラーが消えた。周囲の家具や壁紙もなくなり、部屋は空っぽになった。壁は薄汚れ、床は古びたタイルになり、窓は磨《す》りガラスに変わって外が見えなくなった。

教室へ戻ると、やはり机上にはランドセルがあった。どうやらもう一人の自分、「幹太」は、授業が終わると下校準備をしてどこかへ消えるようだ。

翌日、部屋は復活していた。ゲームを始めると、昨日の十五時ごろにセーブしたデータが残っていた。一日中部屋で過ごし、やはり十六時になった瞬間に部屋が空っぽになった。学校が終わると、この部屋も消えてしまうらしい。

次の日、幹太はためしに、ふかふかのソファーがほしい、と念じながら部屋に入った。翌日は、お菓子が常備された部屋がいい、と願った。この部屋が幹太の願望を実現させてくれる場所であるのなら、新しい望みも叶えてくれるかもしれないと思ったのだ。しかし、部屋の様子は最初と変わらなかった。部屋の中の物を持ち出したらどうなるのかと思い、机にあった鉛筆を持って外へ出たが、その瞬間に鉛筆は手の中から消えてしまった。

ゲームは佳境に入り、幹太はある鍵を手に入れた。ドラクエシリーズでは、必ず鍵が重要なアイテムとして登場する。その鍵で開く扉は世界各地に存在し、閉ざされていた扉を開けることで、今まで行けなかったエリアに行くことができるようになり、新たな物語が展開されていく。さらに、過去に訪れた城や町にもその鍵で開く扉があり、その先にある宝箱を開けたり、そこにいる人から新たな情報を得たりすることができる。

かつて立ち寄った町を順に巡って扉を探していると、前の学校で、悟と一緒に拾った鍵を持って学校中を冒険したときのことが脳裏をよぎった。

転校して以来、悟のことを毎日のように思い出していた。

いつも明るく、誰にでもやさしい彼を、幹太だけではなくみんなが慕《した》っていた。頭がよくて、授業でわからなかったところを尋ねたら先生よりわかりやすく教えてくれた。運動神経もよく、地域の少年バスケットボールのチームに入っていつも一生懸命練習していた。自分も悟のような人だったらよかったのに、と何度も思った。あっという間にみんなと仲よくなれて、楽しい学校生活を送ることができたに違いない。

授業への復帰を決めたのは、それから一週間後、最後のボスを倒したあとのことだった。感動しながらエンドロールを眺めていたが、ゲームが終わったとたん、この部屋ですることがなくなったことに気づき、虚無感に襲われた。ほかにもゲームソフトはあるが、ドラクエを味わい尽くしたあとではどれも色褪《あ》せて見えた。

四時間目が終わる少し前に部屋を出た。いったん近くのトイレに入り、チャイムが鳴ってから教室へ向かった。

幹太が教室へ戻ってきたから「幹太」は姿を消しているはずだが、万が一鉢合わせしたら大騒ぎになるので、幹太はすぐには教室に入らず、入口からそっと中を覗いた。給食当番が配膳の準備をしており、ほかの同級生は自分の席で談笑している。「幹太」の姿はなさそうだ。

「幹太、何してるんだ?」

突然、背後から名前を呼ばれた。幹太が口ごもっていると、その同級生は洗った手をハンカチで拭きながら「今日の給食、ブロッコリー出るって。最悪だな」と言って、すでにブロッコリーが口の中に入っているかのようなしかめっ面を見せてきた。

「うん、そうだね」

とっさに苦笑いを作ると、彼も満足した様子で笑い、教室へ入っていった。

彼の後頭部を見送りながら気がついた。親しげに話しかけてきた彼は、以前、紙くずが幹太の頭に当たったときに「何だ、幹太か」と言った人物だったのだ。

昼休みになると、その男子が自分たちのグループに誘ってきた。彼と一緒に教室後方へ行き、男六人で輪になって話しながら昼休みを過ごすことになった。彼らの会話に話を合わせていると、そのうちの一人が訝《いぶか》しそうに尋ねてきた。

「幹太、いつもと雰囲気違わないか？」

「え、そうかな？　別にいつもどおりだけど」

幹太が必死でとぼけていると、ほかの男子が「そうだ、幹太」と声を上げたので、幸いにも話がそれた。

「放課後にサッカーするんだけど、お前も来ない？」

幹太が答える代わりに、幹太をグループに誘った男子が「だから幹太はダメなんだって」と口を開いた。

「家に帰って晩飯の準備しないといけないんだよ」

「あ、そうなんだっけ」

「母ちゃんも働いてるから、家のことは幹太がやらないといけないんだって」

「そうなんだよ。ごめんね」

幹太は話を合わせた。実際には、母は夕方には帰ってくるから、幹太は家事をする必要はない。放課後の誘いを断るために「幹太」が嘘《うそ》をついたのだ、と幹太は思った。自分が現れない時間帯の約束をしないようにできているのだろう。

五時間目は学活だった。特に話し合うことがないらしく、先生は「昨日撮ったビデオを観《み》よう」と言ってテレビのセッティングを始めた。昨日の体育で行ったバスケットボールの試合を録画していたらしい。

流れた映像を観て幹太は瞠目《どうもく》した。

初めて「幹太」をこの目で見たが、彼は華麗なプレイを次々と披露していた。ドリブルで相手を楽にかわし、レイアップシュートを軽やかに決める。守っては相手が放ったシュートをブロックしてボールを奪い、相手ゴールに向かって走っていた味方に正確なロングパスを放つ。画面の中で、男子たちのどよめきと、女子たちの歓声が響いていた。

プレイだけでなく、周囲への心配りも完璧だった。「幹太」のチームメイトに、本来の幹太と同じくらい運動神経が悪い男子がいた。「幹太」は、彼が少しでもいいプレイをすると「ナイス！」「いいよ、その調子！」と褒《ほ》めることで彼をうまく乗せ、それによって彼は下手《へた》なりに生き生きとプレイしているように見えた。

「チームメイトに気配りができるのがすばらしいですね。バスケはチームプレイだから、こういう声かけは大事です」

先生が教室を見わたして言った。

六時間目、幹太がドラクエをしている間に行われた算数のテストが返ってきた。百点のテスト用紙に目を落としながら、「幹太」のことを考えた。

「幹太」は、幹太と一緒なのは外見だけで、中身は正反対だった。頭も運動神経もよく、誰にでもわけへだてなくやさしくて、みんなから好かれている。彼の人となりを思い浮かべているうちに、かつての友人のことが頭をよぎった。

「幹太」は、悟そっくりだ。

転校して以来、自分も悟みたいな人だったらよかったのに、とずっと願っていた。そうしたら、そのとおりの人間が、幹太の代わりとして現れた。

つまり、こういうことではないだろうか。

あの部屋は、幹太の願望を叶えてくれる空間だ。自分の部屋がなくなり、約束していたゲームソフトも買ってもらえなかった幹太のために、かつての部屋が再現され、ほしかったソフトも用意してくれた。

幹太が部屋にいる間は、もう一人の自分、「幹太」が現れ、幹太の代理を務めてくれる。外見は幹太とまったく一緒なのだが、内面はまるで違う。自分が「こうありたい」と望んでいた人間となって、みんなの前に姿を見せるのだ。

単に、優秀な人、というわけではなさそうだった。その証拠に、図工で「幹太」が描いた絵は、幹太の画力と大差なかった。幹太も絵が下手だが、そのことにコンプレックスを抱いたことはない。絵がうまくなりたいという願望がなかったから、「幹太」も画力だけはたいしたことがないのだと思う。

「お、幹太、今日はいるじゃん。一緒に帰ろうぜ」

帰りの会が終わると、昼休み一緒だった男子が近づいてきた。「幹太、帰りの会のあと、いつもどこ行ってるんだ?」

「え、ああ……トイレだよ」

適当に取り繕《つくろ》いながら、ランドセルを背負う。彼についていくと、二人組の男子と合流し、四人で帰ることになった。転校してきてから、誰かと一緒に帰るのは初めてだった。

教室を出ようとしたところで、背後から「幹太、ちょっといい？」と声をかけられた。

小太りの男子が、「あのさ」と言ってから、なぜか続きを話すのをためらっていた。長く教室を離れていたせいで、彼の名前を忘れてしまった。思い出そうとしていると、彼はようやく続きを口にした。

「本当に、今までずっと授業を受けてた？」

「えっ？」

幹太が息を呑んでいると、小太りの男子は「ごめん、何でもない」と言って、訊《き》いたことを後悔しているようなばつの悪い顔で教室を出ていった。

「何だあいつ」

一緒に帰ろうと声をかけた男子が、遠ざかっていく彼の後頭部をにらんでいた。

「何なんだろうね」

幹太は応じながらも、心臓の鼓動が激しくなっていくのを感じていた。

幹太は毎日授業を受けるようになった。「幹太」が友達を作ってくれたおかげで、転校当初のようなさびしい思いをせず、友達に囲まれた日々を送ることができるようになった。

これでようやく、前の学校にいたときのような、楽しい学校生活を送ることができる……とはならなかった。

「幹太、ノリが悪くなったな」

友人たちに何度も言われた。「昔のお前に戻ったみたいだ」と指摘されたときには動揺して言葉に詰まり、それがいっそう彼らの違和感を増幅させた。

体育の授業でも、急に運動神経が悪くなったせいで、同級生たちは不審の目で幹太を見るようになった。パスをもらっても、どうすればいいかわからずにすぐパスを返し、それを繰り返しているうちに誰もボールを回してこなくなった。

新しくできた友達が、徐々に離れていった。

ふたたび教室の居心地が悪くなっていく中で、授業参観の日が迫ってきた。

「明日は俺も行くぞ」

夕食の最中、突然父が宣言した。

「え、来るの？」

思わず幹太が言うと、とたんに父の機嫌が悪くなり、「俺が行ったらダメなのか？」とにらみつけてきた。

「ううん、そんなことない。仕事は大丈夫なのかなって思っただけ」

「いいんだ。あんなどうしようもない連中と毎日顔を合わせていたくないからな」

父は缶ビールを飲みながら、同僚たちの悪口を言い始めた。あいつは陰気だ。トロくて使えない。早く辞めた方がいい。父の言葉遣いからは、心の底から彼らを見下しているのが伝わってきた。

父が吐き捨てるたびに、幹太の胸は苦しくなっていった。

授業参観は、よりによって体育で、バスケの試合をやることになっていた。パスをもらえず、敵のボールを奪う技術もなく、ただ意味もなくコートを右往左往するだけの幹太を父が見たら、同僚たちと同じように、幹太のことも軽蔑するに違いない。暗い、トロい、使えない。そんな風に、父から罵《ののし》られてしまう。

ここは「幹太」に頼るしかない。

当日の朝、幹太は久しぶりにあの部屋を訪れ、一度クリアしたドラゴンクエストをふたたび起動させた。クリアしたあとに隠しダンジョンが現れる、という情報を、数週間だけのつきあいとなった友達から教えてもらったので、そのダンジョンを攻略することにした。

十六時、部屋が真っ白になってから家に帰った。父は上機嫌で幹太を迎え入れた。

「お前、学校だとあんなに明るいんだな!」

「幹太」がバスケの試合で活躍していたこと、チームのムードメーカーになっていたことを、父は頬を上気させせて語っていた。

「家では無口だから、てっきり学校でもパッとしないんじゃないかと思ってたよ」

父は「俺も鼻が高い」と続けた。母もうれしそうに父の話を聞いていた。

胸をなで下ろすと同時に、幹太は悟った。

両親も、同級生も、みんな「幹太」が好きなんだ。教室は「幹太」に任せた方がいいんだ。むなしさが込み上げると同時に、吹っ切れて楽になった。もう、クラスに馴染めないことを悩む必要はなくなったのだ。

部屋に通う日々がふたたび始まった。学校に着くとランドセルを教室に置いてすぐ部屋に向かい、十六時までゲームを続けた。

隠しダンジョンも早々に攻略し終え、幹太は延々と敵を倒してキャラクターのレベルを上げ続けた。平板な日々が続く中で、手間をかけた分だけ着実に主人公たちが強くなっていくのは、幹太にわずかな充実感をもたらしてくれた。

ある日、夕食を食べながらテレビを見ていると、不登校の子どもが増えているというニュースが流れてきた。不登校の子を持った親がインタビューに答え、息子がずっと家に閉じこもっていることへの不安を吐露していた。

「情けねえ」

父が呆《あき》れ果てた様子でつぶやいた。「親も何やってるんだろうな。引きずってでも学校連れてけばいいんだよ」

自分も不登校のようなものだ、と幹太は思った。もし、あの不思議な部屋と出会えていなければ、幹太も今ごろ家に閉じこもっていたのかもしれない。

いや、無理か。「最近の子どもは根性がない」と嘆く父を横目に見ながら思った。父の場合、先ほど自分で言ったとおり、引きずってでも幹太を登校させようとするだろう。

幹太はあの部屋に巡り合えたことを感謝した。あそこは、学校にも家にも居場所がない自分を守ってくれる大切な場所だ。

もっとも、トイレくらい用意しておいてほしかったし、出入りするところを他人に見られない工夫もほしかった。毎日、部屋を出るときは誰かに見られるのではないかとびくびくしているのだ。

一週間後、その不安が現実のものになるときが来た。

いつものように十六時前に部屋を出ると、見覚えのある顔が待ち受けていた。

「父ちゃんの話、本当だったのか……」

立ちすくんでいる幹太の元へ、小太りの男子が近づいてきた。以前、「本当に、今までずっと授業を受けてた？」と尋ねてきた同級生だった。今はもう、彼の名前も知っている。

「とりあえずランドセル取りにいこう。話はそれからだ」

岸田大輝《きしだだいき》はそう言って、白い歯を見せた。


学校近くの公園で、大輝はあの部屋の由来を語ってくれた。

今の校舎が建つ前の話だそうだ。

クラスでの人間関係がうまくいかず、教室へ通えない女子児童がいた。担任を務めていた音楽主任の先生は、その子を音楽準備室へ連れていくことにした。女子児童は、準備室にあるクラシックのレコードを聴きながら、毎日一人で自習をしていた。

その子は教室では居場所がなく、家族との折り合いも悪かったが、準備室で過ごすようになってからは生き生きとしだした。クラシック音楽に魅了されたらしく、準備室にいる間はずっとレコードを聴いていた。先生は彼女を教室に戻したいと思っていたが、彼女にそのつもりはなく、卒業まですっと準備室でクラシックを聴いているつもりだった。

しかしその子は、卒業を待たずに死んでしまった。棚の上にあったレコードを取ろうとした際に足を滑らせ、台にしていた椅子から転落して後頭部を強打したのだ。

彼女の死後、彼女の幽霊が準備室でレコードを聴いている、という噂《うわさ》が流れた。

その後、校舎は改築された。だが、かつて音楽準備室があった場所に、彼女の魂は残り続けている。自身のように、学校にも家庭にも居場所がない人にだけ、その人にとって居心地のいい空間が出現するのだ。その人が部屋の中にいる間は、もう一人の自分が代わりに授業を受けてくれるので、安心して部屋で過ごすことができる。

「幹太が壁から出てきたあたりに、音楽準備室があったらしいんだ」

大輝が言った。「シェルターは、昔住んでた部屋より広かったんだよね？　たぶん、元の準備室の大きさがそのサイズだったんだよ」

大輝はあの部屋を「シェルター」と呼んでいた。たしか戦争の際などに敵の攻撃から身を守るための空間のことだったはずだ。

やはり自分はあの部屋に守られていたんだ、と幹太は思った。

＊

教室の入口から、幹太は颯太の様子を見つめ続けていた。

授業が終わるまで残り十五分となったところで、先生が「班で話し合ってください」と言って、ふたたび教室がにぎやかになった。

先ほどと同様、颯太は班を仕切っている様子だった。

幹太は、ここにいるのは本物の颯太ではないのではないか、と考えていた。本物の颯太は今シェルターにいて、今班を仕切っているのは、もう一人の颯太、「颯太」なのではないだろうか。

考えすぎだ、といくら自分に言い聞かせても、心臓の鼓動は収まることがなかった。

颯太は、本当はリーダーシップを取れる人になりたいと願っていたのかもしれない。今朝、授業参観に行くことを告げても、覇気のない返事しかできない颯太とのあまりの落差に、幹太はだんだん見ていられなくなってきた。

授業終了の十分前、幹太は教室を離れ、特別教室が並ぶ廊下へ足を向けた。

颯太がシェルターにいるのかどうか、たしかめずにはいられなかった。授業参観は六時間目なので、このあとは帰りの会をして下校となる。シェルターにいるのなら、もうじき出てくるはずだ。

颯太がシェルターにいるだなんて、受け入れがたいことだった。

シェルターは、学校にも家庭にも居場所がない人の前に現れる。もし本当にシェルターの中にいるのなら、颯太は、家庭を自分の居場所だと思っていないということになるのだ。

＊

イチョウの葉が舞い落ちる公園は、西日に照らされて輝いていた。幹太と大輝が座るベンチの前を、三歳くらいの子どもが母親と手をつないで通りすぎていった。

「大輝はシェルターのこと、どうやって知ったの？」

「父ちゃんから聞いた。父ちゃんもK小の出身で、子どものころ、シェルターに入ってたことがあるんだって。死んだ女の子のことも、自分で調べたみたい」

「そうなんだ……」

「幹太が体育の授業で目立つようになったころに、転校生が急に別人のようになった、って父ちゃんに言ったんだ。そうしたらシェルターの話を始めて、悩んでるだろうから力になってやれ、って言われた。すぐには信じられなかったけど、少ししたら幹太の性格がころころ変わって、運動神経もそのたびによくなったり悪くなったりしたよね。父ちゃんの話は本当で、幹太はシェルターの出入りを繰り返しているのかもしれない、って思った。帰りの会が終わると幹太はすぐにいなくなるから、何度かあとをつけたんだけど、いつも途中で見失ったんだ。だから昨日、父ちゃんにシェルターの場所を教えてもらって、今日は帰りの会が終わってからずっと見張ってた」

「僕が出てくるとき、部屋のドアは見えた？」

「いや。僕には、幹太が突然壁から飛び出してきたようにしか見えなかった。部屋の鍵は見えるかな？」

幹太は鍵を見せたが、大輝は「ダメだ、僕には見えないみたい」と首を振った。

そして大輝は、顔を幹太に近づけてきた。

「これからもずっとシェルターにいるつもり？」

「……わかんない」

「シェルターで過ごす時間が長くなればなるほど、教室に戻ってきたときが大変だよ」

大輝は心配そうに言った。「ニセ幹太は、すっかりクラスの中心だ。休み時間はニセ幹太の一言で何の遊びをするかが決まるような状態になってる。ニセ幹太を好きな女子もいるんじゃないかな」

「幹太」が、幹太の理想の姿だということを大輝は知っている。頭の中を覗き込まれた気分になり、頬が熱くなった。

「今戻っても、大変なことになりそうだね」

「でも、中学生になったらシェルターには通えなくなる。いずれは出てこないといけないんだから、少しでも早い方がいいんじゃない?」

「そうかもしれないけど……」

「シェルターを作った人も、余計なことをしてくれたよね。理想の自分なんてものを送り込まれても、困るだけだよ」

音楽準備室で亡くなった女子児童のことを考えた。彼女も幹太と同様、本当は教室で楽しくふるまえるような人になりたい、という願望を抱いていたのだろうか。

「今から教室に戻るには、僕が理想の自分になるくらいしかないよね……」

「そうだよ!」

突然、大輝が大きな声を出した。「幹太がニセ幹太みたいになればいいんだ!」

「そんなの無理だよ! だって僕、頭は悪いし、スポーツ苦手だし、性格だって……」

「これから頑張ろう。ドラクエだって、戦えば戦っただけレベルが上がる。これからは幹太のレベルを上げようよ。僕も協力する」

大輝は頬を上気させながら言った。「それに、もう一人、最強の味方がいる。その人だったら勉強のやり方も、運動神経がよくなるコツも、みんなに好かれる方法も、何でも教えてくれるはずだ」

「そんな人がいるの?」

「いるじゃないか」

大輝がにやりと笑った。「ニセ幹太だよ」

それから、自分を変えるための日々が始まった。

シェルターにいる間はゲームを封印し、勉強に集中した。二カ月近く勉強をサボっていたが、遅れを取り戻すのはさほど苦ではなかった。「幹太」のまとめたノートが非常にわかりやすく、すいすいと頭に入った。わからないことがあればメモを大輝にわたし、「幹太」に質問してもらう。「幹太」はいつも嫌な顔一つせず、丁寧に説明してくれたそうだ。そして「幹太」から聞いた説明を、大輝はそのまま幹太に伝える。それを繰り返した結果、幹太だけではなく、大輝の成績まで向上していった。

授業が終わると、シェルターの前まで迎えにきた大輝と一緒に、学区外の公園へ向かった。一カ月後から鉄棒の授業が始まるそうなので、そこに照準を合わせ、二人で猛特訓をすることにしたのだ。図書室で借りた鉄棒の本には筋力をつけることも重要だと書いてあったので、腕立て伏せや腹筋トレーニングをやって身体《からだ》を鍛えた。なかなか上達しないときは、やはり大輝経由で「幹太」にコツを教えてもらった。

鉄棒の練習が終わったあとは、身体能力を高めるために短距離走や反復横跳びなどのトレーニングをした。

「あのさあ」

五十メートルダッシュを五本走り終え、息の乱れがようやく落ち着いた頃合いを見計らって、幹太は大輝に話しかけた。

「大輝も、実は運動苦手でしょ」

「まあね」

鉄棒も短距離走も反復横跳びも、何をやっても大輝は幹太といい勝負だったのだ。

「せっかくだから僕も身体鍛えて、ニセ幹太みたいに体育の授業で目立ってやろうと思ってるんだ。幹太には負けないよ」

大輝は幹太を指さして言った。

「僕のためにつきあってくれてるんじゃなかったの?」

「ニセ幹太が、ライバルがいた方が何ごとも頑張れる、って言ってた。というわけで、僕が君のライバルをやらせてもらうよ」

大輝が言って、幹太の肩を叩《たた》いた。

家に帰ると、夕食前にランニングをして、夕食後は勉強に励んだ。翌日、お互いがどれだけ頑張ったか報告し合うことになっている。サボったらジュースをおごる決まりになっていたので、手を抜くわけにはいかなかった。

「最近やけに頑張ってるな」

夕食後の食卓で計算問題を解いていると、風呂上がりの父が感心した様子で言った。父が、「幹太」ではなく、幹太自身を褒めてくれたのは久しぶりのことだった。

もっとも難しかったのが、性格を「幹太」に合わせることだった。勉強や運動と違って、鍛えて何とかなるものではなさそうだ。大輝が「幹太」にアドバイスを求めてみたが、「自然にふるまってるだけだ」としか返ってこなかった。だが、この問題をクリアできなければ、教室に戻ってきた幹太を同級生たちが受け入れることはないだろう。

少しでも「幹太」に近づけるために大輝が考えたのは、「幹太」のふだんの姿を撮影して幹太に見せる、というものだった。

大輝は学級委員と仲がよかったので、「卒業の記念に、ふだんの姿をビデオに撮らない？　卒業式の前にみんなで観たら感動するんじゃないかな」と提案し、学級会に諮《はか》って実現させた。その翌日から、授業や休み時間の様子を大輝が持ってきたビデオカメラで撮り、それを幹太に見せて、公園で大輝を相手に練習した。

「全然ダメ」

談笑する「幹太」のまねをしたのだが、大輝はばっさりと切り捨てた。「声はこもってるし、笑顔は引きつってるし、何よりオーラが全然ない」

大輝の言うとおり、「幹太」の声はよく通っていて聞き取りやすかった。自分はこんな顔ができるのか、と驚くくらい、表情も生き生きとしていた。

「いい声を出す練習から始めてみようか。姉ちゃんに相談してみる。中学で合唱部に入ってるから、発声法の練習を知ってるはずだ」

翌日から、シェルターで、勉強と並行して発声練習をするようになった。外に声は漏れないので、どれだけ大声を出そうがかまわなかった。練習していないときも、つねに腹式呼吸を意識するように心がけた。表情が乏しいのを直すために、鏡を見て笑顔や驚いた顔の練習をした。そして、公園で幹太が「幹太」のまねをするところを大輝に撮ってもらい、その場で再生して、少しずつ「幹太」に近づけていった。

頑張った甲斐《かい》あって、学力も運動神経もふだんのふるまいも、着実によくなっていった。さすがに性格まで「幹太」に合わせることは難しかったが、話し方や表情が変わっただけでもだいぶ彼に近づけたような気がした。

そして、少しずつ幹太が外に出る時間を延ばしていった。

もともと、大輝と初めて話をした翌日から、一日一時間だけ授業に出るようにしていた。その後、幹太が「幹太」のようになっていくにつれて、二時間、三時間と増やしていった。先生が挙手を求める場面では、できるだけ手を挙げるように心がけた。

二時間以上教室にいることによって、休み時間を教室で過ごすことになった。最初はひどく緊張したが、どうやら周囲はそこまで違和感を抱いていない様子だった。努力の成果もあったのだろうが、入れ替わる時間を徐々に延ばしたことが功を奏したのかもしれない。

そのうち、昼休みも教室に残るようにした。それまで「幹太」はサッカーをすることが多かったようだが、幹太は「最近読書が好きになったんだ」と言って、大輝と図書室に行った。「幹太、また変わったよな」と言う友達もいたが、逆に「俺も本読もうかな」と言って図書室についてくる友達もいた。

大輝と特訓を開始して一カ月が経った十二月中旬、ついに丸一日授業を受ける日がやってきた。体育だけは、ボロが出るのをおそれてずっと「幹太」に任せていたが、照準を合わせていた鉄棒の授業がとうとう始まったのだ。

みんなの前で、逆上がりからの後方支持回転、蹴上がりからの前方支持回転などの、練習していた連続技を見せると、体育館にどよめきが起こった。「すげえ」「幹太は何でもできるな」という声があちこちで上がった。

鉄棒を握る手が震えていた。ほんの一カ月前まで、逆上がりすらできなかったのだ。運動でみんなから賞賛を浴びるなんて、生まれて初めての経験だった。

終業式の前日、さらにうれしい出来事が起こった。苦手だった算数のテストで、初めて百点を取ったのだ。

「いいよなあ、幹太は何でもできて」

授業が終わってから、友達の一人が投げやりな口調で言った。「どうせ俺なんて、どれだけ勉強したって百点なんて取れないよ」

「決めつけちゃダメだよ」

どうせ自分なんて何もできない。幹太も少し前まではそう思っていた。その考えが間違っていたのが、今ではよくわかる。

「一生懸命頑張れば、必ずいい結果が出るよ」

幹太が笑みを見せて言うと、その友達もつられたように頬をゆるませ、「本当か？　じゃあ幹太、俺に勉強教えてくれよ」と言ってきた。

その様子を見ていた大輝が、廊下に幹太を連れ出した。

「今、ニセ幹太にそっくりだったよ！」

大輝は唾を飛ばして言った。

幹太は「ほんとに？」と言ったが、内心では「そうじゃないよ」と答えていた。

今のは「幹太」をまねしたんじゃない。幹太自身の体験に基づいた言葉だ。

悟みたいになりたい、と願っていたけれど、なれるわけがないと決めつけていた。成績が悪く、運動も下手で、引っ込み思案な自分と一生つきあっていくんだと思い込んでいた。

だけど、この一カ月間のおかげで、頑張った分だけ自分は変われるんだと身をもって実感した。理想というものは、夢見るものではなく、それに向かって努力するためにあるものなんだと知ったのだ。

「幹太、すごいね、たった一カ月で見違えたよ」

興奮している大輝だって、以前とくらべて痩《や》せている。毎日運動した成果が出ているのだろう。

「冬休み中もトレーニングする？」

幹太が尋ねると、大輝は「当然」と言った。

「毎日努力してようやくちょっとだけニセ幹太っぽくなれたけど、少しでもサボるとあっという間に元どおりだよ」

「まだ、ちょっとだけ、なんだ」

「そりゃそうだよ。いつもテストで百点が取れるわけじゃないし、運動だって鉄棒以外はまだまだだよ。友達だって少し減ってるよね。それに、ずっと気づけなかったんだけど、ニセ幹太そっくりになるために頑張らないといけないことがもう一つあるんだ」

「え、まだあるの？」

それが何なのか訊こうとしたところでチャイムが鳴り、それぞれ自分の席に戻った。その日も公園で一緒にトレーニングをしたが、話が途中になっていたことをすっかり忘れてしまい、聞きそびれたまま一日が終わった。

「悪口ばっかり言うのやめない？」

幹太が初めて父を諫《いさ》めたのは、その翌日のことだった。

この日はクリスマスで、食卓の中央にはケーキが置かれていた。そんな日だというのに、父はいつものように缶ビールを何本も飲みながら、母を相手に同僚の悪口を言っていた。

最近、幹太は父の言葉を疑うようになっていた。頻繁に同僚を悪し様《あざま》に罵っているけれど、本当は父に原因があるのではないか、という気がしていた。職場に馴染めないことや、仕事がうまくいかないのを人のせいにしているだけなのではないか。

いずれにしろ、幹太はもう、会社の愚痴を延々と聞かされることに耐えられなくなってきた。ましてやクリスマスケーキを食べているときくらい控えてほしい。そう思って、幹太は口火を切ったのだった。

「はあ？」

父が、血走った目を幹太に向けてきた。

今までの幹太だったら、この時点で父に謝り、それきり口を閉ざしていた。機嫌が悪いときの父は、幹太にも容赦なく怒鳴りつけてくることがあるのだ。

だけど、幹太はひるみながらも、父に向かっていった。きっと、大輝とともに努力を積み重ねた日々が、幹太に自信を植えつけてくれたのだ。

「ほかの社員だって頑張ってるんだから、あまり悪く言うのはよくないよ。せっかくのクリスマスなんだから、楽しくケーキを食べようよ」

「うるせえんだよ」

声とともに、空き缶が飛んできて、まぶたを直撃した。ショックを受ける間もなく、今度は頭を押さえつけられ、幹太は床に転がった。

「あなた！　やめて！」

止めようとする母を無視して、父は幹太を何度も蹴り、「いつからそんな生意気な口を利くようになったんだ！」とか「どいつもこいつも馬鹿にしやがって！」などと怒鳴り散らした。

「幹太には手を出さないでって言ったじゃない！」

母が涙交じりに叫ぶ声がした。

暴力をふるわれたショックは、翌日になっても消えなかった。冬休み初日、朝からいつもの公園で大輝と鉄棒の練習をしている最中も、父に蹴られたときの痛みや、父の怒鳴り声が頭に焼きついていた。

グライダーという技の練習をしているときのことだった。集中力がおろそかになっていたせいで、着地がうまくいかずに転倒し、幹太はその場にうずくまった。骨が折れるような感触があり、父に蹴られたときよりもひどい痛みがすねに走った。

大輝に頼んで、近くの公衆電話から家に連絡してもらった。車で迎えに来た母と病院へ行くと、やはり骨折していた。翌日に手術を行い、リハビリに励む日々が始まった。

入院中は、毎日母が顔を見せてくれた。父もたまに様子を見にきたが、まともに顔を見ることはできなかった。クリスマスの夜に見せた鬼のような形相を思い出し、身体がこわばってしまうのだ。

母が言うには、今でも幹太のいないところでは、父は母に手を上げることがあるらしい。せめて幹太のいる前ではやめてほしい、と頼み込んだおかげで、幹太は父が暴力をふるう姿を見ずに済んでいたのだった。

三学期が始まってからも病院で過ごす日々が続き、一月下旬にようやく学校に通えるようになった。松葉杖《まつばづえ》に慣れることや、授業についていくことに精一杯で、「幹太」のようにならなければ、と考える余裕はほとんどなかった。

だが、支障はなかった。

同級生たちは、以前のような明るさがない幹太を見ても、骨折のせいだと同情して、かえってみんな親身に接してくれた。しばらく学校を休んでいたから勉強についていけないのも当然だったし、体育の授業ももちろん見学なので、ボロが出ないように気をつける必要もなくなった。

骨折が癒《い》えてからも、教室では自然にふるまうことができた。骨折後の悄然《しょうぜん》とした姿のおかげで「幹太」の記憶が同級生から薄れていったらしく、幹太に違和感を抱く人は少なかった。運動も、「骨が固まるまではあまり動くなと言われてる」と嘘をつき、学校ではできるだけ身体を動かさないようにしつつ、大輝とのトレーニングは再開した。

いつの間にか、勉強机に保管しておいたはずのシェルターの鍵がなくなっていた。準備室の間にあったはずの扉も、もう見えなくなっていた。

皮肉にも、父の暴力がきっかけで、幹太は教室を完全に自分の居場所にすることができたのだった。

＊

授業参観が終わったらしく、下校する子どもたちの声が遠くから聞こえてきた。

幹太は二つの準備室の間、シェルターのドアがあるはずの壁の前に立っていた。その間、スマートフォンに部下からのメッセージが立て続けに届き、幹太は返信に追われた。

大輝との出会いが自分を変えてくれた。

自分なんて何の取り柄もないと思っていたけど、努力すれば人は変われるんだということを身をもって体験した。それから、勉強も運動も人一倍頑張るようになり、それが自信につながり、同級生とも堂々と話せるようになった。充実した学生生活を送り、大手企業に就職し、職場の後輩と結婚し、颯太を授かった。

大輝ともいまだに友達づきあいが続いている。お互い、K小の学区に今も住んでいて、大輝の息子も颯太と同学年だった。低学年のときに同じクラスになり、大輝の息子が家に遊びに来たこともある。

自分が父親になることがわかったときに頭に浮かんだのは、幹太自身の父のことだった。

暴力をふるわれて以来、幹太にとって父は恐怖の対象でしかなかった。その後も機嫌の悪い父に怒鳴りつけられることがあり、家にいるときは、父を怒らせてはいけないということばかり考えていた。

自分と同じ思いを、子どもに味わわせたくなかった。子どもが学校で嫌な思いをしたとしても、家に帰ったらほっと落ち着ける、安心感のある家庭を作ろう。みんなが笑って過ごせるような、明るい家にしよう。

そう決意したはずだった。

だが、もし颯太もシェルターに入っているとしたら、彼は学校だけではなく、家にも居場所がないと思っていることになる。

幹太は、颯太に手を上げたことは一度もない。しかし、温かい家庭に恵まれなかった幹太には、自分でも気づかない欠陥があって、それが息子に悪影響を与えていたのかもしれない。知らぬ間に負の連鎖が続いていた可能性に、幹太はおののいた。

幹太の何がいけなかったのか。すぐに思いついたのは、仕事が忙しくなったために、家にいる時間が極端に減り、颯太と話す機会もほとんどなくなったことだ。たとえ一緒にいる時間が少なくても、息子とは強い絆《きずな》でつながっていると信じ込んでいた。だが、颯太にしてみれば、父親に見捨てられたと思っているのかもしれない。

スマートフォンが震えた。ふたたび部下からのメッセージが届いていたが、幹太は無視した。今まで、仕事に時間を割《さ》きすぎていた。家族が一番大切だと思っていたはずなのに、仕事を理由にして、いつの間にか子育てを放棄していたのだ。

シェルターの入口があるはずの壁を、幹太は見つめた。

もし壁から颯太が出てきたら、今までかまってやれなかったことを謝ろう。そしてじっくり話をしよう。幹太もシェルターに通っていたことを明かし、教室で自分の居場所を作るための方法を一緒に考えよう。自分の働き方も、見直さなければいけない……。

「何してるの?」

すぐそばから、聞き慣れた声がした。

「へ?」

思わず、変な声が漏れた。

昇降口に向かって延びる廊下から、颯太が怪訝《けげん》な顔で近づいてきた。颯太と一緒にいた男の子も、不思議そうに幹太を見上げていた。

「いや、あの」

と言ったきり、続く言葉が出てこなかった。

「授業終わったんだから、もう帰れば?」

追い払うように言われ、幹太は逃げるようにその場をあとにした。颯太と一緒にいた男子が幹太に小さく頭を下げるのが視界の端に映った。


帰宅すると、妻はダイニングテーブルで雑誌を読んでいた。

「どうだった、授業参観?」

「颯太って、学校では明るいんだな」

幹太は妻の向かいの席に腰を下ろした。

「この一、二年でずいぶん変わったようね。今のクラスが性に合ってるみたい。この間、公園で友達とサッカーしてるところを見たけど、すごく楽しそうにしてたよ」

「そうなのか。家にいるときとは全然違うんだな」

「あの子も思春期だからね。今までみたいに親に無邪気な顔を見せてはくれないよ」

「思春期……」

幹太は絶句した。

「最近、学校でどんなことがあったのか訊いても、『別に』って答えることが増えたの。いかにも思春期、って感じだよね」

「早くないか？　まだ小学生だろ？」

「早い子だとこんなもんでしょ」

妻が軽い口調で言った。「特にあなたにはそっけないよね。最近ほとんど家にいないから、颯太も接し方がわからなくなってるのかも」

そうか、思春期か。

力が抜けた。家と学校での態度がまったく違うことに焦っていたが、単にそれだけのことだったのか。

息子のことなら何でも知っているつもりになっていた。だけどいつの間にか、親でも簡単には見透かすことのできない、複雑な心を持った年頃になっていたのだ。子どもの成長とは何と早いものなのか。幹太には、颯太が冷蔵庫のプリンに手が届かず大泣きしていたのが、ついこの間のことのようにしか思えなかった。

颯太がシェルターから出てくるかもしれないと思い、廊下で気を揉《も》んでいた自分が滑稽だった。たまたま、幹太を見つけたのが颯太だったからよかったものの、教職員に見つかっていたら不審者扱いされていたかもしれない。

そこで幹太は立ち上がりそうになった。

なぜ颯太は、あんなところにいたんだ？

放課後に特別教室へ行く用事があるとは思えない。用があるとしたら、シェルターくらいしか……。

「そうだ、先週の保護者面談の話、してなかったよね？」

妻が言った。「思いやりのある子ですね、って、先生に褒められたの。今、クラスに馴染めない子を、一輝《かずき》くんと一緒に助けてあげてるんだって」

「一輝くん？」

「岸田さんのお子さんよ。忘れちゃったの？」

「ああ、大輝の息子か。颯太と同じクラスなのか？」

「そうよ。そんなことも知らなかったの？」

そこでようやく、廊下で颯太と一緒にいた同級生が一輝だったことに気がついた。しばらく会っていなかったが、向こうは幹太のことを覚えていて、去り際に頭を下げてきたのだろう。

……ちょっと待て。

颯太は、岸田一輝と一緒だったのか？

大輝がシェルターの存在を父から聞いたように、彼も息子に話していたとしたら……？

「クラスに馴染めない子、っていうのはどんな子なんだ？」

「高谷くん、っていう、近所の子なんだけど、知ってる？　夫婦喧嘩がひどくて、何度か警察沙汰になったっていう家の子」

高谷という名前には聞き覚えがあった。授業参観で、先生に指名されて、班の意見を明朗な口調で発表していた男の子が、たしか高谷という名前だった。

「高谷くん、精神的に不安定だったらしいの。もともとは無口な子だったんだけど、あるときから急によくしゃべるようになったんだって。でもしばらくしたらまたしゃべらなくなって、かと思ったらまた明るくなって、性格がころころ変わっていたみたい」

「それは」

性格が変わったんじゃない、と思わず言いそうになった。

きっと彼は、かつての幹太のように、シェルターに入ったり出たりを繰り返していたのではないだろうか。

「颯太は、高谷くんを自分のグループに入れて、一輝くんやほかの子を交えて一緒に遊んでるんだって」

颯太と一輝は、かつて大輝が自分にしてくれたように、シェルターに入っている同級生が教室に戻れる手助けをしているのではないか。

今日、高谷という子は、かつての幹太のように、クラスに馴染めない姿を親に見せたくなくて、シェルターに入っていたのだろう。授業が終わって颯太と一輝が彼を迎えにいったときに、シェルターの前にいた幹太と遭遇した、ということだったのではないだろうか。

「俺の息子とは思えないな」

颯太が、自分とは正反対の立場にいたことを思いながらつぶやくと、妻は不思議そうな顔をした。

「何言ってるの、あなたの息子だからこそじゃない。あなたの帰りがどうしていつも遅いのか、ちゃんと話してるんだよ」

「え？」

「お父さんは昔から仕事で悩んでいる人を放っておけなくて、係長になってからは面倒を見てあげる人が増えたから帰りが遅くなったんだ、って言ったの。私がお父さんの後輩だったときにたくさん助けてもらったことも言って、颯太もお父さんみたいなやさしい人になれたらいいね、って話したの。颯太が高谷くんを仲間に入れようとしたのは、その話をした少しあとのことみたい」

「そうだったのか……」

就職して二年が経ったころ、大輝と久々に会った。そのときに彼が言った言葉がよみがえってきた。

骨折する前々日に言っていた、ニセ幹太そっくりになるために頑張らないといけないもう一つのこととは何なのか、幹太は大輝に聞いた。

「幹太」は、誰にでもわけへだてなくやさしい人だった。たしかに、バスケの試合を撮った映像を見た際、「幹太」はバスケの苦手なチームメイトに積極的に励ましの言葉をかけていたし、さほど親しくない大輝が勉強や鉄棒のアドバイスを求めたときも丁寧に応じてくれた。

「幹太は冷たくなった」という陰口を耳にしたのがきっかけで、大輝は「幹太」のやさしさを幹太にまねさせていなかったことに気がついた。どうすればいいか考えていた矢先に幹太が骨折したため、そのあたりのことはうやむやになってしまったそうだ。

多少は「幹太」に近づけた、と自負していただけに、自分が思い上がっていたことを痛感させられた。同僚や後輩を気にかけるようになったのはそれからだった。

自分が大人になるまでできなかったことを、颯太はすでに実践していたのか。

シェルターの前に立っている間、幹太は自身の父から負の連鎖が続いている可能性に怯《おび》えていた。

仕事に没頭しすぎたのが悪かったに違いない、と省みた。だが、続いていたのは、マイナスの連鎖ではなかった。自分がやってきたことは、妻を通じて、颯太に受け継がれていたのだ。

そこで、玄関のドアが開く音がした。

「ただいま」

颯太が帰ってきた。授業参観のときとはまるで違う、不機嫌そうな顔をしていた。

「授業見たよ。積極的に発言していてよかったぞ」

颯太に声をかけると、彼は幹太に顔も向けずに言った。

「あっそう」

颯太が冷蔵庫を覗いている様子を、幹太は見つめた。

あいつ、いつの間にか、一番上の棚にも手が届くようになっていたんだな……。

「ね、思春期、って感じでしょ」

妻が小声で話しかけてきた。「かわいくないよね」

「ほんとだな」

幹太は嘘をついた。

本当は、抱き寄せたくなるくらい、颯太のことがいとおしかった。

危険業務手当

庄内真奈《しょうないまな》は、事務室のパソコンで今月の給与明細を見ていた。

「ねえ、元木《もとき》くん……」

事務室のコピー機を使っていた、ともに三年生の担任を務める元木を呼んだ。「危険業務手当、って何だかわかる？」

真奈はパソコンの画面を指さした。この共用のパソコンから自身のＩＤで教職員用のネットワークに入り、五月の給与明細を見ていたところだったのだ。

「明細、見ちゃっていいんすか？」

ためらう元木を、真奈は「いいから、早く」と急《せ》かした。

「何すか、これ？」

画面に顔を近づけた元木が眉をひそめた。

明細に「危険業務手当」という項目があり、三十万円が支給されていた。真奈は教員になって今年で十年目だが、こんな手当は聞いたことがない。

パソコンで過去の明細も確認すると、「危険業務手当」という項目は先月から追加されたばかりで、それ以前に同じ項目はなかった。

「庄内さんがＭ小に来てからですね」

真奈は、先月、ここＭ小学校に異動してきたばかりだった。四月は忙しく、給与明細や口座残高をチェックする余裕がなかった。

「庄内さん、どんなヤバい仕事してるんすか」

笑う元木の顔が引きつっていた。

そこへ、席を外していた事務の男性が戻ってきた。

「すみません、私、変な手当もらってるんですけど、これ、何かの間違いじゃないですか」

事務職員は首をかしげ、パソコンに目を向ける。だが、真奈が指で示した数字を見たとたん、気の毒そうにうなずいた。

「校長に言われて、手続きしておいたよ。大変らしいけど、頑張って。じゃあお先に」

と言って、事務職員は鞄《かばん》を持って去っていった。

「元木くん、私ってそんなに大変なの？」

「いや、俺に訊かれても困ります」

「校長に訊いてくる」

真奈は明細をプリントアウトすると、校長室へ向かった。

話を聞いた校長は、神妙な顔つきになった。

「庄内先生には感謝しています。異動してきたばかりなのに、手のかかる子を見てくれてありがとう」

たしかに異動前の面接で、手のかかる子を見てもらうことになる、最初は少し苦労するかもしれない、というようなことを言われた。

「手のかかるって、どの子のことですか？　三十万円ももらわなければいけないような問題児がいるとは思えないのですが」

「君が負担に感じていないのなら何よりです。その調子で頑張ってください」

そこで校長室の内線が鳴った。

「教えてください！　危険業務って何なんですか！」

「ちょっとしたボーナスとでも思ってくれればいいですから。ちょっと電話が……」

校長は話を切り上げ、受話器を取った。

真奈は電話が終わるのを待とうとしたが、長くなりそうだったので、諦めて校長室を出た。

「庄内さん、今度寿司《すし》でもおごってくださいよ」

席に戻ると元木が軽口を叩いてきた。

「手当の話、誰にも言わないでね」

強い口調で元木に言った。毎月三十万円も手当をもらっていることがほかの教員に知られたら面倒なことになりそうだ。

しばらくして再度校長室へ向かったが、すでに部屋は照明が消え、鍵がかかっていた。


真奈は教壇に立ち、算数の小テストを解く子どもたちを見わたした。

昨夜、インターネットで県の条例を調べた。教職員の給与を定める条例の中に、「危険業務手当」の項目があった。

「危険や困難を伴い、身体的・精神的な負担が極めて大きい業務一件につき月三十万円を支給する」

どうやら真奈は、「身体的・精神的な負担が極めて大きい業務」に携わっているらしい。

きっと、ここにいる、三年二組の誰かが「危険業務」に該当するのだ。

クラスで一番真奈の手を煩《わずら》わせるのは、田沼蒼空《たぬまそら》という児童だった。落ち着きがなく、毎日のように授業中に騒いでは真奈の注意を受けている。今も、ほかの子が熱心に問題を解いている中、鉛筆をくるくる回して遊んでいた。

初めて蒼空を叱ったのは、体育の授業中、花壇にいたずらをしていたときのことだ。真奈が気づくと、花壇には引っこ抜かれたチューリップが散らばっていて、蒼空の手にも根っこがむき出しになった花が握られていた。蒼空が問題児だというのは事前に聞いていたので、最初が肝心だと思い、真奈はきつく叱った。

これが逆効果だったらしく、それ以来蒼空は頻繁に刃向かってくるようになった。その影響はほかの子どもたちにも及び、真奈の言うことを聞かない子が徐々に増えている。

ただ、この程度で「危険業務」に認定されるのなら、教員はみな大金持ちになっているはずだ。きっと、真奈が気づいていないところで、「極めて大きい身体的・精神的な負担」を強《し》いる子どもがいるのだ。

いったい誰が、危険の源なのか。

疑いの目を子どもたちに向ける。愛すべき子どもたちが、真奈の心身を蝕《むしば》もうとする邪悪な存在に見え、授業中だというのに吐き気が込み上げてきた。

チャイムが鳴り、小テストを回収して授業を終えた。板書を消していると、背後から「先生!」という声とともに、子どもが抱きついてきた。いつものことなので、姿を見なくても誰なのかわかる。

「どうしたの、海斗《かいと》くん」

水野《みずの》海斗が甘えん坊だというのは事前に聞いていた。彼は毎日のようにこの大きな身体でぶつかってくる。

異臭が鼻を突いた。両親がともに病気がちのため か子どもの世話が行き届いていないらしく、饐《す》えた匂いをよくただよわせており、クラスでは孤立していた。

ふだんは時間の許す限り海斗の相手をする。だけど、彼が危険の源かもしれない、という思いが頭をよぎった瞬間、真奈は海斗をむりやり引きはがしていた。

「ごめんね、先生、職員室行かないといけないから」

真奈は逃げるように教室を後にした。

これからずっと、子どもたちを疑いながら一緒に過ごさないといけないのか。そう思った瞬間、どっと疲れが押し寄せてきて、真奈はその場に座り込みそうになった。


帰宅すると、妹の果穂《かほ》が実家から送られてきた段ボール箱を開封しているところだった。米、缶詰、お菓子といった食品類だけではなく、色とりどりの造花が植えられている小ぶりの鉢植えが二鉢入っていた。

「うわ、かわいい! ねえ、これ一つ教室に飾ってもいい?」

果穂がうなずくのを見てから、真奈は自室に入り、ジャージに着替えた。鞄からレジ袋を取り出して居間に戻ると、果穂が二人の夕食をテーブルに並べていた。

「何それ？」

果穂がレジ袋を指さしたので、真奈は中に入った果物を見せた。

「夏みかん？　珍しいね、お姉ちゃんがこんなの買ってくるなんて」

「違うの。校庭に落ちてたのをこっそりひろってきたの。ジャムでも作れるかなと思って」

校庭の片隅に、大きな夏みかんの木がある。真奈と同様、今年度異動してきた北側《きたがわ》という五十代の用務員が、落ちていた夏みかんの実を回収しているところを何度か目にしていた。

あるとき、集めた夏みかんをどうしているのか尋ねたところ、思わぬ答えが返ってきた。

「全部捨ててるよ」

北側は残念そうに言った。「食べる子がいるとよくないから、落ちてきたものはすぐに回収するように言われてる。もったいないから、この間、食べたそうにしている子に一個あげたんだけど、なぜか校長がそのこと知ってて、すごい剣幕で怒られたよ」

真奈は、北側から聞いた話をしてから、

「全部捨てるなんて、もったいないよね」

と果穂に言った。

「きっと、クレームを入れる保護者がいるんだよ。子どもがお腹《なか》こわした！　どうしてくれるの！とか」

果穂は言った。

「たしかに、保護者を怒らせたらまずいもんね」

真奈はため息をついた。

真奈の働く県では、数年前から教員の評価に保護者アンケートを活用するようになった。それ以来、みな今まで以上に保護者の視線を意識するようになっている。

「あ、そうだ、お姉ちゃん、明日帰り遅くなるね。彼氏とご飯行ってくる」

彼氏、という言葉が胸に突き刺さるのを感じながら、真奈はうなずいた。

果穂と暮らすようになったのは、八年前、彼女の大学進学がきっかけだった。「お姉ちゃんの結婚が決まったらすぐに出ていくから」と果穂は言っていたが、このままでは先を越されてしまいそうだ。

夕食後、自室のベッドに寝転がり、タブレットを手に取った。ライブ配信アプリ「BANBAN LIVE」を起動させ、目的の人物のページをタップした。

世界で一番好きな顔が、真奈の目に飛び込んできた。

至福の時間の始まりだ。

「こないだオーディションだったんだけど……あ、マミィさん、こんばんは！　いつもありがとね！」

液晶画面の向こうで、持田春久《もちだはるひさ》が手を振ってきた。相手には見えていないことを知りながら手を振り返し、「ハルくん、こんばんわ〜」と入力すると、自分のコメントが画面の左下に表示された。

「それでね」

春久はいったん中断した話を続けた。「監督さんが、『審査結果をお伝えします』って言って俺の名前呼んだの。受かったんだと思って元気に返事したら、これ落選者の発表だったんだよね。紛らわしいことすんな！　ってキレそうになったよ」

言葉とは裏腹に笑い飛ばしながら言う春久に向けて、「ホント紛らわしいね」「その監督ムカつくわー」「ハルくん落とすなんて見る目なさすぎ」といったコメントが並んだ。

二年前、漫画が原作の舞台を観にいったとき、真奈がお気に入りのキャラクターを演じていた俳優が春久だった。原作のキャラがそのまま紙面から飛び出してきたのでは、と錯覚させるほどの再現度の高さと、彼の愛らしい笑顔に、真奈は虜《とりこ》になった。今は、春久を追いかけるのが真奈の生きがいだ。毎日Twitterをチェックし、出演する舞台を観にいき、DVDが出たらすぐに購入する。最近ではYouTubeチャンネルも開設したので、そちらも欠かさずチェックしている。

ライブ配信は、「BANBAN LIVE」というアプリで週に一、二回、開催されている。一人でカメラに向かって雑談や仕事の話をしたり、親しい俳優をゲストに呼んでトークをしたりしつつ、リアルタイムで送られてくる視聴者からのコメントにも答えていく。

初めて視聴したときの感動は今でも忘れられない。

それまでも、Twitterで送ったコメントに返答をもらったことはある。だけど、真奈のコメントに、春久が自身の肉声で答えてくれるというのは、文字だけでのやりとりとは比較にならないくらいのリアリティがあった。この瞬間、春久とたしかにつながっているんだ、と実感できた。

タブレットの中で、「腕立てが何回できるかチャレンジしてみようかな」と春久は言った。腕をまくると、盛り上がった上腕二頭筋が現れる。腕立て伏せは二十回、四十回、六十回と続き、最終的に七十八回で終えたところで、真奈は拍手をして、コメントを送った。汗がにじんだ春久の身体が輝いて見えた。

「どうしたの?」

拍手の音に驚いたのだろう、果穂がドアを開け、怪訝そうな顔を覗かせた。だが、タブレットを目にしたとたん、「ああ、ハルくんね」と納得した様子でうなずく。

「入ってこないでよ」

「はいはい。明日も仕事なんだからほどほどにね」

果穂は何もわかっていない。明日も仕事があるからこそ、春久から元気をもらうのだ。どれだけ仕事でしんどい思いをしても、春久が直接話しかけてくれたら、疲れなんて一瞬で吹き飛ぶ。

「先生、さよなら！」

帰りの会が終わると、いつものように海斗がしがみついてきた。

「はい、さようなら。ちょっと、海斗くん、力強すぎ。先生怪我《けが》しちゃうよ」

海斗の肩をつかみ、距離を取った。思う存分甘えさせてあげたいと思う一方、三年生にしてはかなり身体が大きいため、彼の顔が胸に触れるのには抵抗があった。

「先生、また明日ね！」

満足したのか、海斗は手を振り、教室から出ていった。

職員室に戻り、真奈はすぐに受話器をつかんだ。授業終了直後のこの時間は、その日問題があった児童の家庭に連絡を取る担任が多く、回線の取り合いになる。気が重い仕事は早めに終わらせたい。

「田沼家にかけてたんすか？」

通話を終えると、隣に座る元木が尋ねてきた。

「うん。蒼空が休み時間に学校抜け出したんだ。その報告」

母親は仕事中だったが電話に出た。いつもすみません、と言ってはいたが、さっさと謝って電話を終わらせたい、という本音が母親の口調からにじみ出ていた。

「蒼空はよく問題起こしますね。大地《だいち》の方はそうでもないのに」

蒼空は双子で、大地という名の弟が元木のクラスにいる。

「あのさ、元木くん」

周囲の教員が誰もこちらの話を聞いていないのをたしかめてから、真奈は声をひそめて尋ねた。

「大地に給食で残ったパン持ち帰らせてる?」

「ほかの先生には内緒ですよ」

元木も小さな声で言った。

最近、蒼空はパン給食の日は余ったパンをこっそり持ち帰ろうとしており、それを見つけるたびに真奈は叱っていた。今日も同様のことがあったのだが、蒼空は舌打ちしながら「俺も元木先生のクラスだったらよかった」と言ったのだった。

「そういうのよくないよ。そのパンのせいでお腹壊したら問題になるよ」

「あの家、母子家庭で、お母さんの帰りがいつも八時過ぎなんです。でも、お金がないからお菓子買うの禁止されてるらしくて、その間は何も食べられないんですよ。あげたパンは、いつも蒼空と分け合って食べてるらしいですよ」

「まあ、かわいそうだとは思うけど」

「蒼空にもパンを持ち帰らせたら、庄内さんの言うこと聞くようになるかもしれませんよ」

元木は笑い、それからさらに声をひそめた。「あ、でも、蒼空がいい子になったら、給料減っちゃいますね」

「え？　どういうこと？」

「例の危険業務手当ですよ。庄内さんのクラスで問題児と言ったら、蒼空くらいじゃないですか」

「そうだけど、まだあの子が『危険業務』だと決まったわけじゃないよ」

「でも、去年蒼空の担任だった先生も、同じ手当をもらってたんじゃないかと思うんです。その先生、去年の途中から急に金遣いが荒くなったんですよ。ブランド物のバッグや時計を買ってたみたいです」

「去年の担任って？」

「鈴木由希子《すずきゆきこ》先生、知ってます？　二月の途中から病気休職に入って、そのまま異動しちゃいました」

「え、鈴木さん……？」

「知ってるんですか」

「同期だよ」

二月、出張先で久々に彼女を見かけた瞬間、真奈はその場に立ち尽くした。

いつも元気で、活力に満ちあふれていたはずの彼女が、病院から抜け出してきた重病人のようにやつれ果てていた。目は落ちくぼみ、頰は痩せこけ、肌は荒れ、身体は栄養失調を疑いたくなるほど細くなっていた。ほかの出席者たちも異様に感じたのだろう、会場は混雑していたのに、彼女の周囲だけ空席になっていた。

「最後の方はかなりつらそうでしたね。俺は違う学年だったから当時のことはよく知らないけど、蒼空のことでそうとう疲れてたのかなあ」

「あんなにひどい状態になるほど手を焼く子ではないんだけど……」

「でも、庄内さんも、疲れてませんか？」

元木に指摘され、一瞬息が止まった。

彼の言うとおりだった。最近、疲れを覚えることが増えた。今日も一日中疲労と闘いながら授業をこなし、今も何度かめまいを起こしそうになるのをこらえながら元木と話していたのだ。体重も三キロ減ったし、化粧の乗りも以前より悪くなってきた気がする。

自分もいずれ鈴木由希子のような姿になる。そう思ったとたん、背筋に悪寒が走った。

「元木くん、私とクラス交換しない？」

「いいっすね、ぜひ！」

元木は分厚い胸に手を当てた。「いつでも任せてください。俺、ラグビーやってたんで体力と忍耐力には自信あります」

「そんなに手当ほしいんだ」

「三十万もあったら遊び放題じゃないですか」

と言って元木は真奈から目を離し、キーボードに手を伸ばした。真奈もテストの採点に取りかかったのだが、鈴木由希子のやつれた姿が何度もフラッシュバックするせいで集中できなかった。

真奈は職員室を離れ、校庭に出た。空を見上げると、灰色の雲がこちらに近づいてきていた。

グラウンドの外側に植えられた木々の合間をゆっくりと歩いた。仕事に集中できなくなったときは、よくこうやって校庭を散歩する。子どもの声のしない、静けさに満ちた中をゆっくり歩き、気分をリフレッシュさせてから仕事に戻るのだ。

だけど今日に限っては、いくら歩いても心身の疲労は抜けなかった。

本当に蒼空が「危険業務」の正体なのか。彼を受け持ったせいで、鈴木由希子は変わり果てた姿となってしまったのか。自分も、彼女と同じ道を歩むことになるのだろうか。

リフレッシュどころか、不安が膨《ふく》れあがっていくのを感じていたところで、前方に大きな木が現れた。

校庭の片隅に生えている、夏みかんの木だ。校庭にあるほかの木よりもはるかに大きく、まるでこの巨木におそれをなしているかのように、まわりには木が一本も生えていなかった。木どころか雑草もなく、むき出しになった土が周囲を覆っている。

夏みかんの実は、はるか頭上、空を覆うように広がる枝にぶら下がっていた。最初に北側の話を聞いたとき、落ちてきたのを拾うくらいなら直接もぎ取ればいいのに、と思ったのだが、この高さでは木に登るのは難しそうだ。脚立と高枝切り鋏《ばさみ》を使っても、せいぜい下の方になっているものを切り落とすくらいしかできないだろう。

「その木には近寄らない方がいいです」

不意に人の声がした。あたりを見回すと、校庭を囲む防球ネットの向こう、学校の敷地沿いの路上に、禿頭《とくとう》の老人の姿があった。

「魂を吸い取られますよ、庄内先生」

真奈の名を呼んだ。児童の祖父だろうか、と思ったところで、彼の顔に見覚えがあることに気がついた。

「五味《ごみ》さん、ですか」

入学式や運動会で、来賓席にこの顔があったのだ。

彼はM小が創立された年の新入生であり、息子も孫も卒業生、ひ孫は現在M小の児童だった。過去にはPTA会長を務め、今も地域の代表者として学校に関わることが多い。M小のことを誰よりも知る者だ、と先輩の教員が言っていた。

そんなことよりも、だ。

「先ほど、何とおっしゃいました？」

五味は夏みかんの木を見上げた。

「校庭の木は、私が通っていたころに植えられたのですが、この木だけずいぶん大きく育ちました。まるでほかの木の養分まで奪い取ったかのようです。いったいどこから持ってきた苗だったのでしょうか」

五味は顔を真奈に向けた。防球ネットの向こうから、皺《しわ》に埋もれた彼の目が真奈を射貫《ぬ》く。日が陰り、五味の周囲が薄闇に包まれた。

「この木は、まわりにある生き物の魂を吸い取って大きくなるのです」

老人の声は、まがまがしい響きを帯びていた。「周囲に植えた木はすぐに枯れ、雑草すら育たない。木に止まった虫や鳥からも、同様に力を奪っていきます。ですから、周囲には鳥や虫の死骸がよく落ちているのです」

真奈は下を向き、思わず飛び上がった。

「きゃあっ！」

右足の先に、ひっくり返ったムカデの姿があった。

「子どもたちは、この木の不気味さを本能的に察知しているのか、ほとんど近づこうとしません。それでも、何かあるとまずいので、切り倒そうとしたことがありました。ですが、幹にチェーンソーを当てたとたん、次々と刃こぼれを起こして、切ることができなかったのです」

「そんな馬鹿な……」

笑い飛ばそうとした真奈の頬が、老人の次の言葉で引きつった。

「この木にはたくさんの夏みかんがなります。夏みかんを食べた者も、この木と同じ力を得ることになるのです」

えっ……。

「ほかの人に身体を密着させ、その人のエネルギーを吸い取ってしまうのです。その力は半年ほど続くと言われています」

さあっ、という音とともに、雨が降り始めた。

そこで、老人が初めて笑みを見せた。

「と、まあ、周囲の木や草が枯れていくのに、この木だけがやたらと大きくなったために、こんな話ができたんでしょうな」

五味と一緒に笑うことは、真奈にはできなかった。

「先生も、お気をつけて」

五味は傘を差し、真奈から遠ざかっていく。雨足が強まり、真奈の身体が濡《ぬ》れていく。それでも、しばらくその場を動けなかった。

校舎に戻った真奈は、濡れた身体を拭くこともせず、用務員室をノックした。

「どうした?」

お茶を飲んでいた北側が、真奈を見て目を丸くしていた。

「北側さんが校庭の夏みかんをあげた子どもって誰ですか?」

「名前まではわかんねえな……たしか三年生、って言ってた。三年にしては身体が大きかったけど、かわいい子だったぞ。俺が夏みかんあげたら、『おじさん、ありがとう!』なんて言って抱きついてきたんだ。まあ、正直、ちょっと臭いがきつい子だったけどな」

ああ、やっぱり……。

頭を抱えそうになる真奈に向かって、北側はさらに決定的なことを言った。

「腹をすかせてたみたいだから食わせてやったんだ。去年の秋にもまだ熟していないのを拾って食べたらしくて、『これ、全然酸っぱくないね』って驚いてたな……庄内先生?　大丈夫か?」

「大丈夫です。ありがとうございました」

次に職員室へ行き、スマートフォンをいじっている元木に声をかけた。

「うちのクラスの水野海斗って、去年誰のクラスだったかわかる?」

「ええと」

元木は腕を組んだ。「鈴木先生のクラスでしたね。鈴木先生が休んでから何度かあのクラスに入ったんですけど、海斗がいた記憶があります」

「わかった、ありがとう」

礼を言って、職員室を後にした。職員用の更衣室へ行き、部屋の隅にあるソファーに身を預けて、頭の中を整理した。

水野海斗は、魂を吸い取る力を与える夏みかんを二度食べていた。

あらためて振り返ると、真奈が強い疲労を覚えるようになったのは、海斗に抱きつかれ出してからだ。子どもたちが海斗を避けているのは、大木に誰も近づかないのと同様、彼の危険性を無意識のうちに察知しているからではないだろうか。鈴木由希子が休職に入ったのも、海斗にエネルギーを奪われ続けた結果なのかもしれない。

そして、危険業務手当……。

異動前の面接で、手のかかる子を見てもらう、という話を校長がした際に、「最初は少し苦労するかもしれない」と言っていた。真奈がその子に慣れるまでは大変、ということだと思っていたが、あの言葉はそういう意味ではなかったのかもしれない。

夏みかんの効果は半年続くと五味は言っていた。北側の話によると、海斗が熟していない夏みかんを食べたのは昨秋とのことだったので、彼の力は五月ころにはなくなっていたはずなのだ。しかし北側が新たにみかんを与えたせいで彼の力はもう半年続くことになり、それを知った校長は激怒した。

危険業務手当を受給しているのは、海斗の担任をしているからだ。

「危険業務」の正体は、他人の魂を吸い取る少年を受け持つことだったのだ。

……本当に？

こんなバカみたいな話、ありえるの？

疑念が膨れあがる一方、全身の震えはいつまで経っても収まってくれなかった。

帰宅後、真奈は、作ったまま一度も使っていなかった夏みかんジャムをすぐに捨てた。そういえばジャムを作ったときに味見をしたが、真奈の身体に変化はない。一口なめた程度では影響がないのかもしれない。

翌日、昨年度の学年主任に訊くと、海斗は去年の十一月ころから、急に担任に甘えてくるようになったのだという。同じ時期に両親の体調がそろって悪くなり、安心して甘えられる相手がいなくなったからかもしれない、と推測していた。

きっと海斗の両親は、彼に力を吸われ続けたせいで体調を崩したのだろう。夏みかんを食べた者は、他人の魂を吸い取らずにはいられなくなるものなのかもしれない。

何人かの教員に、夏みかんの木のことをそれとなく聞いてみた。だが、みんな「大きな木ですよね」と言うだけで、五味から聞いた話を知っていそうな者はいなかった。どうやら、あの木の正体を知っているのは校長や五味のようなごく一部の者に限られるようだ。五味は、真奈の様子を見て魂を吸い取られていることに気づき、注意をうながしてくれたのかもしれない。

「先生！」

帰りの会が終わり、逃げるように教室から去ろうとすると、海斗の声が追いかけてきた。抱きつこうとする海斗を、真奈は全力で押し返した。

「……どうしたの、先生？」

海斗は戸惑った様子を見せたが、それでも抱きつこうとする。その姿が、真奈には生者に襲いかかるゾンビのように見えた。

「来ないで！」

海斗の足が止まった。

「もう先生に近づかないで」

呆然《ぼうぜん》として真奈を見ているのは海斗だけではなかった。にぎやかだった教室が静まり返り、いくつもの視線が真奈に突き刺さっていた。

涙をこぼしそうな海斗を置いて、真奈は教室から逃げ出した。子どもを突き放すなんて、本当はしたくない。だけど、海斗の好きにさせていたら、真奈もいずれ鈴木由希子のようになる。

今後、海斗の行動がどう変わるかはわからない。ひとつはっきりしているのは、少なくない数の子どもが、真奈に幻滅したということだ。子どもを拒絶する先生を、みんなが信頼してくれるはずがない。

実際、この日を境にクラスはさらに乱れていった。

授業をしても子どもたちの反応は悪く、真奈が何か呼びかけても言葉を返してくれる子はほとんどいない。休み時間、真奈に話しかけてくる子もいなくなった。

蒼空はますます身勝手なふるまいを見せるようになった。授業中に無断でトイレに行ったり、わざと大声で隣の子と話をしたりすることが増えた。彼のまねをする子が現れ、授業がまともに行えなくなることもあった。

受け持ったクラスがこんなに乱れるのは初めてだった。このままだと学級崩壊に陥《おちい》るかもしれない、と職員室で弱音を吐くと、元木は不思議そうに言った。

「そのわりに、以前より体調よさそうですよね」

彼の言うとおりだった。海斗を拒絶して以降、のしかかるような疲労に襲われることはなくなり、体重も少し戻った。

「クラスがこの状態じゃ全然喜べないよ」

肩を落とす真奈に対し、元木は笑いながら言った。

「まあいいじゃないっすか。その分たくさんもらってるんですから」

「……うん、そうだね」

ショックを押し隠し、やっとの思いでそれだけ答えた。仕事のことで心を痛めていても、あれだけの給料をもらっていたら、悩みをまともに受け止めてもらえなくなるらしい。

「そんなに悩むことないですよ。どうせ来年はクラス替えなんだから、適当にやればいいんです」

元木はあくびをしながらパソコンに視線を戻した。

たしかに、元木の仕事ぶりは適当だった。授業の準備は甘いし、書類仕事も間違いが多い。退勤時間もいつも早い。

それなのに、元木は児童から好かれていて、保護者からの人気も高い。先月の運動会では、多くの保護者から親しげに声をかけられていた。保護者アンケートを取れば、元木の方が高く評価されるのだろう。

そう思うとやりきれない。何のために真剣に働いているのか、わからなくなってくる。

休み時間に職員室で会計の仕事をしていると、教室に忘れ物をしたことに気がついた。次の授業は図工室だが、その前に教室に寄ることにした。

もう誰もいないだろうと思って教室に入ると、蒼空が、ロッカーの上に置いてある鉢植えを見つめていた。母から送ってもらった造花の鉢植えだ。

以前、花壇のチューリップを引っこ抜いたことが頭をよぎり、反射的に厳しい声が出た。

「何してるの！」

「何もしてねえよ！」

「何ですか、その口の利き方は！」

「うるせえ！」

蒼空は教室を飛び出し、廊下を歩いている児童を次々と追い越していった。

真奈はため息をついた。近ごろは反抗の度合いがひどくなり、まともに会話をすることすらままならなくなっている。暴れるのを真奈だけでは止められず、ほかの教員の手を借りて止めることも多くなった。今だって鉢植えを荒らされなかっただけましだったのかもしれない。

蒼空を筆頭に言うことを聞かない子どもたちと一日向き合い、放課後は家庭訪問に出かけた。多くの保護者から、クラスが荒れてきていることを責められた。帰宅するころには歩くのも億劫《おっくう》なくらい疲れ果てていた。

電車に揺られながら、クラスのことを考えた。

思い切って海斗を受け入れれば、クラスは多少変わるかもしれない。だが、休職直前の鈴木由希子の姿が忘れられなかった。海斗の接触を許したら、きっと真奈も彼女と同じ末路をたどることになるだろう。

「お姉ちゃん、実はね……」

食卓でぐったりしている真奈の様子を気にも留めず、果穂が切り出した。「昨日、彼氏にプロポーズされたんだ」

「えっ？」

突然のことで、しばらく言葉が出てこなかった。「果穂、結婚するの？」

「うん。籍を入れるのはもっと先になると思うけど、とりあえず報告だけ」

「そう……よかったじゃない、おめでとう！」

真奈はお祝いの言葉を述べた。だが、食事を終えて自室に入ったとたん、自分でも戸惑うほどの嫉妬心に襲われた。

果穂は昔から男性にもてた。学生時代は同級生から頻繁に告白されており、「私のどこがそんなにいいんだろう」とよく不思議そうに語っていた。

一方、真奈は結婚どころか、恋愛すらままならなかった。化粧やファッションの勉強をして、男性が好みそうな分野の趣味を学んだりもしたが、何の役にも立たなかった。

二十九歳のとき、友人に男性を紹介してもらった。話が合い、性格もよく、この人こそは、と思ったのだが、相手の男性にその気はないようだった。

私の何がダメだったのか、と思い切って尋ねると、「庄内さんとつきあうところを想像して、なんか違うなって思った」と言った。なんか違う、という一言に打ちのめされた。こう言われてしまっては、いくら努力したところでどうしようもない気がした。

恋愛経験のないまま三十歳を迎え、真奈は悟った。自分は一生、男性に好かれることはない。結婚もできない。その分、仕事に力をそそいで、子どもや保護者、同僚たちから尊敬されるような先生になろう、と決意した。

それなのに、子どもからは信頼されず、保護者からは責められ、手を抜いている元木の方が高く評価される。さらには妹も真奈の元から去っていく。

誰からも認められず、求められもしない。自分が何の価値もない人間のように思えてきた。

こんなとき、頼れる人は一人しかいない。

「BANBAN LIVE」を立ち上げた。Twitterで「今日はビールを飲みながらまったり配信します」と告知していたとおり、春久の顔は若干赤く、テーブルには缶ビールとビーフジャーキーが置いてあった。

「あ、マミィさんだ！ 今日は遅かったね。お仕事忙しかった？」

その一言で胸が詰まり、春久を映すタブレットを抱きしめたくなった。

「そうなんです。すごく大変だったの」

とコメントを送った。

「そっか、お疲れさまでした」

春久は頭を下げ、「僕の配信で少しでも元気になってくれるといいな」とつけ加えた。

「ハルくんやさしー♡」

「私にもお疲れさまって言って！」

コメントが殺到し、春久は大あわてで対応に追われていた。春久に直接ねぎらってもらった幸福感に浸っていると、棘《とげ》のあるコメントが流れてきた。

「癒やされてばっかりじゃなくて、たまにはハルくんのために何かしてあげたら?」

誰が投稿したのか、名前を見なくてもわかる。

「ミュウ」という、デビュー当初から春久を追いかけている女性で、春久ファンの間では有名人だった。春久が出演する舞台には必ず駆けつけ、グッズも大量に購入する。Twitterでは春久に関する最新情報を紹介し、ファンサイトでも彼のこれまでの歴史や、観劇の感想などが掲載されていた。ライブ配信でも、彼女がいなかったことはない。

だが、ミュウを有名にさせた一番の要因は、彼女の尊大な態度だった。

ミュウはことあるごとに、自分が誰よりも春久にお金を費やしていることをアピールし、その一方でお金をかけずに彼の提供するコンテンツを楽しもうとするファンを罵っていた。春久の芸能活動は自分が支えている、という強烈な自負が感じられた。

「あ、ミュウさん、いつもいつもありがとうございます!」

春久が頭を下げた。

ミュウが春久にお金を送ったのだ。

「BANBAN LIVE」に限らず、ライブ配信アプリには「投げ銭」という、応援したい配信者にお金を送るサービスがあった。コメントを書き込むスペースの横に投げ銭用のボタンがあり、指定した金額が配信者に支払われる。視聴者も、誰がいくら投げ銭をしたのかがわかるようになっている。真奈も何度か、千円程度のお金を送ったことがあった。

ミュウは配信のたびに、多額の投げ銭を行っていた。一日の上限は十万円と決まっていて、さすがにそこまでは使っていないが、それでも毎回数万円を春久に送っている。

「ほんとに、もちろんほかの方々にも感謝してますけど、ミュウさんあっての持田春久ですよ。最近、YouTube用のカメラを性能のいいものに買い換えたんですけど、それもミュウさんの支えがあってこそできることなんです。本当にありがとうございます」

あぐらから正座に座り直し、頭を下げる春久を、真奈は苦々しい思いで見ていた。これでまた、ミュウは調子に乗る。自分が、春久にとって一番大切な存在なんだと、ほかのファンに誇示してくるのだろう。

春久とミュウのやりとりが続く間、真奈はトイレに行った。投げ銭の対価として、春久はしばらくミュウとふたりだけのやりとりを続けることになる。投じた金額が大きければ大きいほど、春久が費やす時間も長くなる。

ミュウが春久にとって大切な存在なのはわかる。でもやっぱり、ミュウの尊大さは気にくわない。

真奈は一度、ミュウに嫌な目に遭わされたことがある。ある日のライブ配信後、Twitterで「好きな俳優に直接話しかけてもらえるなんて、しかもそれが無料でできるなんて、すごい時代だなあ」とつぶやいたところ、ミュウは「無料」の二文字に反応し、「ハルくんの芸能活動をボランティアだとでも思っているのか。こういう寄生虫みたいなファンがハルくんの足を引っ張るんだ」と批判し、彼女に同調する春久ファンも真奈を責めてきた。それ以来、「ミュウ」の三文字を見るたびに不快感が込み上げてくる。

ミュウを疎《うと》ましく思っているのは真奈だけではない。以前観劇したときにも、近くの客がミュウを罵っているのが聞こえてきた。

「あいつ、風俗でもやってるのかな?」

「貢《みつ》いだところで、ハルくんとつきあえるわけじゃないのにね」

「情報くれるのはありがたいけど、あの態度ホント嫌い。一回黙らせてやりたい」

「黙らせるってどうやるのよ。あいつ以上に貢ぐくらいしか……」

「あ」

真奈は思わず声を上げた。今の自分なら、ミュウを黙らせることなんて簡単じゃないか。

急いで部屋に戻った。投げ銭のボタンを押し、一日の上限額、十万円を送金した。

「えっ、ええっ？　マミィさん？」

ミュウとのやりとりを続けていた春久が、眼球がこぼれおちそうになるくらい、大きく目を開いていた。

「これ、大丈夫ですか？　操作ミスしてませんか？」

うろたえる春久に、「ミスじゃないですよー」とコメントを送る。

「あ、そうなんだ。いやあ、驚いたなあ。マミィさん、配信にはよく来てくれるけど、投げ銭してくれたことってあまりなかったから……あ、別に責めてるわけじゃないですよ！　びっくりしてるってことを伝えたかっただけで」

「わかってますよw　かなりパニクってますねw」

「そりゃあパニクるよ！　いっぺんにこんなに送ってもらったのは初めてだし。いやあ、うれしいなあ……あ、ごめんなさい。パニクりすぎててお礼も言ってなかった。マミィさん、ありがとうございます。どうします、何か僕にしてほしいことありますか？」

「マナ、愛してるよ、って言ってくれますか」

春久が、熱いまなざしを真奈にそそぎ、耳元でささやくような声で言った。

「マナ、愛してるよ」

興奮で壊れてしまいそうだった。本名を明かしていたことに気づいたが、そんなことはもうどうでもよかった。痙攣《けいれん》を起こしたように震える手で、もうひとつお願いをした。

「ずっと私の味方だよ、って言ってください」

「マナ、俺はずっと君の味方だからね」

ほかにお願いはある？　まだまだ聞くよ？　と春久は言ってくれたが、「胸がいっぱいで何も考えられない」と返事をした。

配信が終わってからも、真奈はベッドに寝転がったまま、動くことができなかった。

今まで経験したことがないほどの幸福感に包まれていた。自分の手で、春久を喜ばせることができた。春久と二人だけの時間を過ごし、愛の言葉をもらった。真奈が投げ銭して以降、ミュウが最後まで沈黙していたのも痛快だった。

これから、たくさんお金を送って、春久から愛の言葉をもらおう。春久にとって一番大事な存在になろう。今の真奈にはそれができる。


今日は、真奈の方から近づいていった。

「海斗くん、元気？」

正面から海斗を抱きしめた。

「先生？」

「ごめんね、今まで冷たくしてて。先生ずっと風邪引いてたからうつしちゃいけないと思ってたんだ」

「……元気！　元気だよ！」

海斗が顔を真奈の胸にこすりつける。しばらくして真奈から離れた海斗は涙をにじませていた。

「海斗くん、ごめんね。傷ついたよね」

もう一度海斗を抱きしめた。異臭が鼻を突いたが全然気にならない。怒濤《どとう》のように押し寄せてきた疲労も、気になるわけがない。海斗を前にすると、これまでは鈴木由希子の姿を思い出していたが、今、真奈の脳裏によみがえっているのは、昨日春久がくれた「マナ、愛してるよ」という言葉だった。

数日後のライブ配信で、真奈はふたたび十万円を送った。多くのファンの前で、二人きりの濃厚な時間を過ごした。

その後も、真奈は配信のたびに十万円を送るようになった。

投げ銭というシステムを、真奈は気に入った。身銭を切った分だけ、配信者は自分の相手をしてくれる。かけた労力と成果が比例している。頑張りがいのある、すばらしい仕組みだ。それにくらべて、仕事や恋愛は、努力が正当に評価されない、ひどく出来の悪いシステムに思えた。

海斗のことは少しも怖くなくなった。この疲労が高額の手当につながり、春久から愛してもらえるのだから。

今、真奈を必要としてくれるのは春久だけだ。彼のためだったら、真奈は何だってする。

「お姉ちゃん、ちょっといい？」

果穂がとがった声で真奈を呼んだのは、海斗を受け入れるようになってから一カ月以上経った七月半ばのことだった。

「お姉ちゃん、最近、だいぶ様子がおかしくなってるけど、自分でわかってる?」

「え、どこが?」

「どこが、じゃないでしょ!」

正面に座る果穂がテーブルを叩いた。「最近、顔色悪いし、急に痩せたよね。どこか悪いんじゃない?」

たしかに、一晩寝ても疲れが取れず、休日は一日中ベッドで横になっていた。食事はちゃんと摂っているのに、体重は異動前とくらべて六キロ痩せた。学校でも同僚から心配されることが増えた。

「学校でいろいろあってね、ちょっと疲れは溜《た》まってるけど、まだまだ元気だから安心して。それにもうすぐ夏休みだし」

「まあ、そうだね。そうなったらゆっくりできるね……」

果穂が納得する気配を見せたので、真奈は立ち上がろうとした。今日YouTubeで公開された春久の新作動画を早く観たかった。

「待って。話はまだ終わってない」

無視しようかとも思ったが、果穂があまりに厳しい顔つきだったので、真奈はしかたなく腰を下ろした。

「お姉ちゃん、部屋にこもることが多くなったね」

「それが?」

「ハルくんに夢中なんでしょ」

「そうだけど」

「夢中になりすぎじゃない?」

「趣味に夢中になるのがいけないこと?」

果穂は少しためらってから、上目遣いで話を続けた。

「ごめん、お姉ちゃんのタブレット、見ちゃった」

一度口を開くと、今度は勢い込んで話し出した。「部屋にこもるのと顔がやつれていくのが同時だったから、何か関係があるんじゃないかと思って調べたんだ。お姉ちゃん、Twitterで叩かれてるね。マミィの貢ぎ方がえげつない、頭おかしい、風俗でも始めたのか、職場の金を横領したんじゃないか……。ひどい言われようだった」

「そんなたいしたお金じゃないよ」

「昨日の配信、私も見てたんだ」

「え?」

「毎回、あんなにたくさんのお金をあげてるの?」

「えっと……あのね、実は私、今たくさん給料もらってるんだ」

果穂に今月の給与明細を見せた。これまで、余計な心配をさせたくなかったので危険業務手当のことは話していなかったのだ。

「何これ」

果穂は恐怖に満ちた顔で明細と真奈を見くらべた。「お姉ちゃん、学校で何をやらされてるの?

やつれてるのもそのせいなんじゃない？」

「ちょっと変わった子を受け持ってるだけ。大丈夫、まだまだ元気だから」

「誰かに担任替わってもらうことできないの？」

「そんなことできるわけないでしょう」

真奈は諭《さと》すように言った。「安心して。借金してまで投げ銭するつもりはないから」

「だからって、こんなお金の使い方、間違ってる。お姉ちゃん、どうかしてるよ」

どうかしてる、という言葉にカチンときた。

「私が稼いだお金をどう使おうが勝手でしょ」

言い返そうとする果穂を無視して、真奈は席を立った。


夏休みに入り、海斗と会わなくなったため、体調が回復してきた。真奈の顔色がよくなり、果穂もほっとしているようだった。

ただ、一点だけ不都合なことがあった。

八月の給与明細を見たら、危険業務手当の欄が空白になっていた。八月は授業がないため、手当は支給されないようだ。

これまで支給された手当分の金額はすでに使っている。六月のボーナスが残っているからしばらくは投げ銭を続けられるが、それが尽きるのも時間の問題だ。

このところ、真奈に触発されたのか、多くのファンが投げ銭をするようになっていた。特に、一時は存在感を失ったミュウが、真奈に張り合うかのように毎回十万円を送り始め、ふたたび大きな顔をするようになっていた。

九月になり、体力の消耗と引き換えに危険業務手当を受ける日々が再開した。だが、今の真奈にとって三十万円は十分な金額ではなかった。配信のたびに十万円の投げ銭をすればあっという間に消えていく。一万円程度の投げ銭ならこれからも行えるけど、それではたいした貢献にはならない。ミュウにも負けてしまう。

それに何より、もうすぐ手当の支給が終わる。北側が海斗に夏みかんを与えたのは五月のことらしいので、あと一ヵ月で効果が切れるはずだ。貯金に手をつけるしかなくなるが、蓄えが尽きるのはあっという間だ。

これからも春久から愛をもらうためにはどうすればいいのか。その方法に気づいたのは、九月下旬、職員室で元木と話していたときのことだった。

「庄内さん、最近またやつれてきてますけど、大丈夫ですか？」

「うん。疲れてはいるけど、たくさんお金もらってるんだし頑張らないとね」

「ですよね。いいよなあ、庄内さんは。俺もヤバい子いくらでも受け持つから、手当ほしいなあ。今、金欠なんすよ」

「何にそんなにお金使ってるの？」

「男はいろいろと金がかかりますからね」

元木は下卑た笑みを浮かべた。どうせろくな使い方をしていないのだろう。

「蒼空は相変わらず手がかかりますか？」

元木はまだ、真奈は蒼空を受け持っているから手当が支給されている、と考えていた。

「まあね。でも、クラスは多少落ち着いたよ」

海斗を受け入れるようになってから、クラスの雰囲気は少しだけよくなった。蒼空の態度の悪さは変わらないが、クラスの運営はやりやすくなった。

「前にも言いましたけど、給食で残ったパンを蒼空にあげてみたらどうですか？　大地にあげると、すごくうれしそうにしてますよ」

「パンね……」

真奈は腕を組んだ。「元木くん、手当ほしい、って、言ったよね」

「はい。それが何か？」

「私も堅いことばかり言ってないで、一度蒼空にパンをあげてみようかな」

「……急に話を戻しましたね」

「ジャムも一緒にあげると、もっと喜ぶよね」

元木は「ジャム？」と言って首をかしげた。


翌朝、真奈は学校に一番乗りし、脚立と高枝切り鋏を持って校庭の大木へ向かった。脚立に登り、下の方にぶらさがっている実を鋏で切り落とす。慣れない作業にやや手こずりながらも、まだ成熟する前の実を、三個入手した。

作業を終え、あらためて木を見上げた。以前はまがまがしく感じた大木が、今は雄大で頼もしい存在に映った。

夜、持ち帰った夏みかんでジャムを作った。成熟していない実を使っているのであまりおいしくならないかもしれないが、そこは我慢してもらうしかない。

翌日、給食に食パンが出た。

昼休み、蒼空を呼んだ。蒼空は、最初は警戒心をあらわにしていたが、にっこりとほほえむ真奈を見て、怪訝そうに近づいてきた。

「これ、あげる」

あまった食パンと自家製のジャムを差し出すと、蒼空は狐《きつね》につままれたような顔で真奈を見上げた。

「……いいの?」

「うん。みんなには内緒だよ」

真奈が人差し指を唇に当てると、蒼空は目を輝かせて何度もうなずいた。

「ジャムをたっぷり塗って食べてね」

「うん!」

蒼空が笑った。真奈に笑顔を見せるのは初めてのことだった。

真奈は職員用の更衣室へ向かい、長いすに横たわった。最近、時間のあるときはこうやって身体を休めている。

帰宅してから、蒼空は大地と二人で食パンにジャムを塗って食べる。きっと明日から、海斗のように真奈に抱きついてくるはずだ。体力が吸い取られることを確認してから、元木の分も併せて、校長に手当の支給を直談判しよう。条例には「業務一件につき月三十万円」とあったから、最初のうちは海斗の分と合わせて月六十万円が支給されるはずだ。

とはいえ、月六十万でもまだ、毎回十万円の投げ銭をするには少し足りない。もう一人、いやもう二人、夏みかんを食べさせなければいけない。身体が持つかどうかはわからないけど、春久の愛を独占し続けるためには、倒れることなんておそれてはいられない。おそらくミュウも、それくらいの覚悟があるはずだ。

絶対に負けない。真奈はやる気に満ちあふれていた。

帰りの会が終わり、子どもたちがいなくなってからも、真奈は教卓の席に座り込んでいた。疲労が激しく、すぐに職員室まで移動する気力が湧かない日が増えてきた。

身体を休めながら、真奈は春久のことを考えた。昨日の配信で「明日はオーディション」と言っていたから、きっと今ごろ頑張っているはずだ。ちゃんと合格するだろうか。以前のように、受かったと思ったらその逆で、落選者の発表だった、なんてことが起こらないといいけど。

「庄内先生？　大丈夫か？」

廊下から、脚立をかついだ北側が心配そうに顔を覗かせた。

「ええ、平気です」

真奈が笑みを作って立ち上がると、北側はほっとした顔になり、それから目の前の造花に気づき、

「綺麗《きれい》だな」と言って頬をゆるめた。

「造花ですけどね。実家から送られてきたんです……北側さんって、花がお好きなんですね」

北側は、中庭の使われていなかった花壇に、自前で用意した種や苗を植えていた。そのことを指摘すると、

「昔から庭いじりが好きなんだ」

北側は照れた様子で言った。「それに、子どもの教育にもいいんじゃないかと思うんだ。花がたくさん咲いてる中で、暴れたり悪さをたくらんだりする人間なんて、あまりいないだろう？　まあ、たまに花壇にいたずらする悪い子どももいるみたいだけどな」

「そうですね」

「庄内先生のクラスの問題児だって、花を前にしてるときはいつもおだやかだしな」

「えっ？」

「ほら、いるだろ、先生が手を焼いてる、双子の子」

「田沼蒼空のことですか？」

蒼空は「花壇にいたずらする悪い子ども」のはずだが……。

「そういう名前なのか。あの子、花が好きみたいだな。俺が育ててる花の様子、よく見に来るんだ」

「そうだったんですか……」

北側が去ってからも、真奈はその場を動けなかった。造花を見つめながら考えを巡らせているうちに、自分が勘違いをしていた可能性に気がついた。

春久と一緒だ。逆だったんだ。

真奈は鉢植えを抱え、疲れた身体に鞭打《むち》って走り出した。

「庄内さん、先生が廊下走っちゃまずいっすよ！」

驚く元木を追い越し、職員室にある学校の自転車の鍵を持って駐輪場へ向かう。疲れで自転車ごと倒れないように気をつけながら、懸命にペダルを漕《こ》いだ。下校中の子どもたちの間から、「あ、庄内先生だ！」という声が上がった。

五分かけて蒼空の家がある団地に到着した。彼の家がある三階に上がると、ちょうど蒼空が玄関に入ろうとしているところだった。

蒼空が真奈に気づき、驚いて足を止めた。

「蒼空くん、お昼にあげたジャム、返してもらっていい？　あれ、腐ってたみたいなの」

「えー」

蒼空は舌打ちをしながら、ランドセルからジャムの入った瓶を出した。

「ありがとう。代わりに、これあげる」

蒼空は目を見開き、真奈が差し出した造花を見つめた。

「これ、教室にあったやつ……？」

「うん。蒼空くん、お花好きなんでしょ？」

蒼空はうなずいた。

「私、怒っちゃったけど、花壇のチューリップを抜いたのは、蒼空くんじゃなかったんだよね？」

蒼空の目がさらに大きくなった。

「あのとき、抜かれていた花を元に戻そうとしてたの？」

「……うん」

やはりそうだったのか。問題児だと聞かされていたせいで、蒼空が悪さをしようとしていると決めつけてしまったようだ。

「ごめんね、先生、勘違いして怒っちゃった」

「別にいいけど」

蒼空は居心地悪そうに首を掻《か》いた。

「お母さん、今日も帰りは遅いの？」

「ううん、今日は具合が悪いから四時過ぎに帰る、って言ってた」

ということは間もなく帰ってくるということだ。その前に辞去することにした。

「それじゃあ、さようなら。明日また学校でね」

「さよなら」

蒼空は決まり悪そうにではあったが、ちゃんと挨拶を返した。

駐輪場まで戻ったが、急いでここまで向かった疲れが今になって一気に押し寄せてきた。真奈は団地の中にある公園のベンチに腰を下ろし、自分のやったことを考えた。

頑張りが認められないのを理不尽だと思う資格は、真奈にはもうないような気がした。いいことをしようとしていた蒼空を、みんなの前できつく叱ったのだ。いつの間にか自分は、理不尽を与える側に回っていたらしい。

蒼空のやさしい心を踏みにじっていたことに気づいた瞬間、蒼空にジャムを食べさせようという気はなくなっていた。蒼空がジャムを食べれば、海斗のようにクラスメイトから避けられることになる。これ以上蒼空に迷惑をかけてはいけない。

そして、団地内を歩く蒼空の母親を見た瞬間、その思いはさらに強くなった。

彼女は、家庭訪問で会ったときとくらべて明らかに痩せ細っていて、顔色も悪かった。

自分の行いを省みてぞっとした。

もしあのままジャムを食べさせていたら、蒼空は母親からも力を吸い取ろうとするだろう。彼女の身体はさらにひどいことになり、仕事にも行けなくなってしまうかもしれない。

たとえば、今の真奈のような……。

そう思ったとたん、さらなる寒気が襲いかかってきた。

鏡で自分の姿を見ると、蒼空の母親よりもはるかにひどい顔をしていた。落ちくぼんだ目、痩せこけた頬、荒れた肌、栄養失調のような身体……。出張先で鈴木由希子の姿を見て立ちすくんだときのことが鮮明によみがえってきた。

その瞬間、真奈は長い眠りから覚醒したような感覚を味わった。

ついさっきまでの自分がおそろしくてたまらなかった。春久の愛を独占するために自分の健康を台無しにして、さらには子どもまで利用しようとしていたなんて。

今日はもう、仕事をする気にはなれなかった。職場に戻り、体調が悪いので早退すると言い残して帰宅した。

夜、果穂が帰ってきたのを見て、真奈は頭を下げた。

「ごめんね。果穂の言うとおりだった」

首をかしげる果穂に向かって言った。「私、どうかしてたね」

あっという間に果穂の両目に涙が溜まった。果穂は細くなった真奈の身体を抱きしめた。

「お姉ちゃんが帰ってきた」

果穂は絞り出すように言った。彼女の涙が、真奈の右肩にぽたぽたと落ちた。

翌朝、身体がだるすぎてベッドから動けなかった。投げ銭のお金を稼ぐ、という目的を失ったため、張り詰めていたものが切れたのかもしれない。

土日と合わせて五日間、真奈は仕事を休んだ。

「先生、お帰り！」

久々に教室へ行くと、真っ先に海斗が抱きついてきた。

「ごめんね、心配かけて」

真奈は笑顔で応じたが、顔が引きつっているのが自分でもよくわかった。海斗が力を失うまであと少し、何とか乗り切らなければいけない。

蒼空の方は、この間謝ったおかげで、真奈には刃向かってこなくなった……となることを期待していたが、そう簡単にはいかなかった。相変わらず授業中に騒ぎ、真奈にも反抗的な態度を見せる。だけどもう、うまくいかないからといっていらだちを覚えることはない。

休んでいる間、春久の配信を視聴した。ミュウが春久と二人きりの時間を過ごす間、真奈は、この闘いにはもう加わらないんだ、と言い聞かせながらじっと耐えていた。

そのあとで、真奈はコメントを送った。

「ハルくんは、頑張ってるのに結果が出なくて落ち込むことってないの？」

春久は、先日のオーディションに落ちた話を、さほど悔しそうな様子を見せずに話していた。配信中にオーディションの結果報告をすることはよくあるのだが、結果が悪くてもいつも明るく話すのが以前から不思議だったのだ。

「なかなか仕事もらえなくて落ち込んでたときに、俳優を諦めた昔の仲間から、『結果が出なくても努力を続けられるというのは立派な才能だ』って言われたことがあるんだ」

春久は真奈の質問に答えてくれた。『『自分は挫折したけど、へこたれずに頑張り続けてる春久のことを尊敬する』って言われて、頑張り続けるっていうのは誰にでもできることじゃない、って気づいたんだ。今は、頑張ったのに結果が出なかった、じゃなくて、『頑張った』っていう結果を残せたことを誇りに思うことにしてる。そうやって努力と自信を積み重ねていけば、いずれ何とかなるんじゃない？　って考えてるよ……ちょっと甘いかな？」

照れ笑いを浮かべてから、春久はじっとこちらを見つめてきた。

「マミィさんも、きっと毎日頑張ってるんでしょ？」

春久が問いかけてきた。

「うん、頑張ってる。うまくいかないことの方が多いけど」

真奈が書き込むと、春久は白い歯を見せて言った。

「だったら自分を誇っていいと思うよ。結果なんてそのうちついてくるよ」

その瞬間、真奈は、周囲を覆っていた深い霧が晴れていくような感覚を覚えた。

「うん、自分を誇るよ。ハルくん、ありがとう」

真奈はコメントとともに、千円だけ送った。

「マミィさん、こちらこそいつもありがとね！」

春久は十万円のときと遜色のない笑顔で答えた。

事務の先生

江夏花音《えなつかのん》は机に顔を伏せ、「困ったなあ」と嘆いた。

ついさっきまで、教科主任の教員たちに声をかけ、一人ずつ事務室に来てもらっていた。学校の予算が不足していることを説明して、購入を希望している教材をいくつか取り下げてもらえないか相談していたのだ。

だが、思うようにはいかなかった。

たとえば、体育主任の大和《やまと》の場合はこうだった。

「必要なものだけを厳選してるんだから、取り下げられるわけないでしょ？　わかる？」

半分白くなった髭《ひげ》をさする大和の手は震えていた。アルコール依存症らしく、酒とギャンブルのせいで借金がある、という噂を聞いたことがあった。

「でも、ほかの教科とくらべて金額が突出してますし。バレーボールネットの支柱とか、ハードル三十台とか、このあたりがちょっと高いんじゃないかと……」

「あのね、体育をほかの教科と一緒にしてもらっちゃたまらないよ」

大和はできの悪い生徒を諭すような態度で言った。「ガタが来てる備品はたくさんあるわけ。それをいつまでも使っていて、万が一生徒が怪我したら、江夏さん責任取れる？」

「いや、それは……」

「それに、体育の備品は運動部でも使ってるから劣化が激しいの。俺は体育科だけじゃなくて、運動部のことも考えて希望を出してるわけ。そこをわかってくれないと困るね」

「すいませんでした……」

ねちねちと責められて、花音は謝ることしかできなかった。

大和が出ていくと、事務室の隅から、がははは、という笑い声がした。

「花音、舐《な》められてるな。あいつ、後藤《ごとう》がいたころはもっと低姿勢だったぞ」

後藤というのは一昨年までF中学校にいた事務職員だった。五十代後半の威圧感のある人で、教員たちから怖がられていたらしい。

「生徒の安全を盾にして無理を押し通そう、って腹だな」

がっくりと肩を落としていると、「情けねえな。いつもの威勢のよさはどこいったんだ？」と言われ、花音は顔を上げた。

「うるさいなあ。次行くよ、次！」

次の、美術主任の長沼《ながぬま》の場合はこうだった。

「美術部の生徒のお母さんから、あんなに小さくてボロボロの机を使ってるのはこの学校だけだ、って言われてるんです」

長沼は弱り切った顔で言った。去年夫が病死したのを引きずっているらしく、いつも暗い顔をしている。

「だからといって机四十台を一気に買い換えるというのは……。一年に十台ずつ、四年かけてというのはどうですか？」

「新しい机が使えない子の親から不満が出てしまいます。どうか考えてもらえませんか？」

「はい、考えてみます……」

三十歳以上も年上の教員に懇願され、花音は突っぱねることができなかった。

長沼が出ていくと、ふたたび声がした。

「あいつ、部屋出るときほくそ笑んでたぞ。全部計算ずくだったんじゃねえか？」

花音は呆然としてドアに目をやった。

「あいつらにかかれば、花音のようなお子様を黙らせるくらい、朝飯前なんだろうな」

「誰がお子様よ！　あんまり馬鹿にすると蹴り飛ばすよ？」

と凄《すご》んでみせたが、そんな気力は残っていなかった。代わりに、机に顔を突っ伏して「困ったなあ」と漏らしたのである。

そこで、事務室のドアが開く音がした。

「どうしたんですか、江夏先生？」

事務室にあるラベルライターを取りに来た眉村《まゆむら》が声をかけてきた。二カ月前から産休に入った音楽科の教員の代わりに任用され、最近よく話をするようになった。

花音は眉村に弱々しい笑みを向け、「ちょっと参っちゃって」と言って事情を説明した。

四月に入ってすぐに、今年度の予算計画のために各教科や校務分掌の担当者に物品購入の希望を取ったのだが、その総額が、年間の予算額をはるかに超えていた。来週、希望を出した担当者を集めて会議を開き、どの物品を購入対象から外すかを話し合う予定だった。

昨年度の会議ではなかなか話がまとまらず、その場を仕切っていた花音は大変な思いをした。そこで今回は会議の前に、あらかじめ希望した物品をいくつか取り下げてもらうよう各担当者に依頼することにした。本当は去年も同じことをやりたかったのだが、会議前に私用で一週間休んだため、事前の調整ができずに会議を迎えることになったのだ。

昨日から各担当者に声をかけ始めたのだが、大和や長沼のような人が多く、思うようにはいかなかった。

「大変ですね」

眉村は花音の机と向かい合わせになった席に腰かけた。職員室で使わなくなった机を置いていて、よく「職員室がうるさいから」と言ってこの席を借り、事務室の電話で保護者とやりとりをする教員がいる。

「みなさん教育熱心なんですけど、それゆえに自分のことしか考えられなくなるときがあるんです。その分、江夏先生のような立場の方が苦労しないといけないんでしょうね」

眉村のやさしい言葉に、思わず落涙しそうになった。

「これじゃあ、書庫を買い換えられるのはいつになるかわからないです」

「ああ、これですか」

眉村は、事務室の奥にある木製の引き違い書庫を指さした。初めて見たとき、その空間だけ大正時代にでもタイムスリップしているのかと思ったくらい、古びた書庫だった。扉には汚れたガラスがはめこまれていて、ファイルが隙間なく並んでいるのが見える。

去年も買い換えようとしたのだが、予算を確保できなかった。今年こそはぴかぴかのスチール書庫を買い、この古ぼけた書庫とはおさらばするつもりだったのだが……。

「味があっていいじゃないですか」

って言った。

「単に古いだけですよ。それに、引き戸のすべりが悪くて、なかなか開かないんです。はっきり言ってポンコツです。本当ならとっくの昔に粗大ゴミ送りにされるべきだったんです」

「古い物は大事に使った方がいいですよ」

眉村はにっこりと笑って言った。「物を長く使うと、精霊が宿るって言いますからね」

「へっ？」

動揺する花音にかまわず、眉村は「音楽科からも希望出しましたよね？」と言った。

「はい。この後、主任の先生に声をかける予定です」

「ユーフォニアム、お願いしますね。低音パートが手薄なので、絶対にほしいんです」

「ああ、自分のことしか考えられない先生がここにも……」

眉村は「苦労のしどころですよ、江夏先生」とほほえんで、事務室を出ていった。

「花音、聞いたか。古い物は大事に使え、だとよ」

書庫が弾んだ声を出した。「あの男、いいこと言うな。何て名前だっけ？」

「眉村先生。音楽科で、吹奏楽部の副顧問だよ」

「そして、花音のお気に入りの先生というわけだ」

どうしてわかるの？

「どうしてわかるの？　って思ってるだろ」

どうしてわかるの？　って思ってる、って、どうしてわかるの？

「お前は感情がそのまま顔に出るんだよ。あいつと話してるとき、いつも顔が輝いてる」

初めて眉村と話したときから、清潔感のある出《い》で立ちや、整った容貌に、花音は魅了されていた。

いつか二人でご飯を食べにいきたい、とひそかに願っていた。

「ひそか」どころか、ダダ漏れだったわけか……。

「物に感情を読まれるなんて人間として恥ずかしい」

「それも『ポンコツ書庫』にな。ポンコツに心を読まれるお前は何なんだろうな」

書庫はいちいち「ポンコツ」を強調しながら話す。

「この様子だと、今年も俺を処分できないな」

「私はまだ諦めてないよ。もう一回交渉してみる」

「思ったことがそのまま顔に出る未熟者に、交渉なんてできるのか？」

「やってみせる。新しい書庫を買って、あなたとはおさらばしてやる。覚悟しといて」

「それは残念だ。俺がここにいられるのもあとわずかってわけか」

書庫はそんなことになるとは微塵《みじん》も思っていない口調で言って、がはははは、と笑った。


昨年の三月、就職を間近に控えた花音は、配属先となったF中学校を訪れた。規模の大きい学校は事務職員が二人いるそうだが、F中は生徒数が少なく、花音は一人ですべての業務をこなさなければいけなくなった。

前任者の後藤は学校のことや仕事の内容を簡単に伝え、最後に「大事な話がある」と言って、事務室に二台ある書庫のうち、部屋の突き当たりにある古い方の書庫がしゃべるというとんでもない事実を明かした。

「こいつが新任？　職場体験に来た中学生かと思ったぞ」

第一声がこれだったので、驚きより怒りが勝った。書庫につかみかかってやろうかと思ったほどである。
最初は、何か仕掛けがあるのではないかと疑った。だが、声の発生源である書庫の真ん中付近に
は何もなかったし、無愛想な後藤がこんないたずらをするとも思えなかった。
後藤は、付喪神《つくもがみ》のようなものかもしれない、と言った。長く使った道具に宿る精霊のことらしい。
この書庫がいつから置かれているのかは不明らしいが、十年以上前に突然しゃべるようになり、そ
の事実は歴代の事務職員以外の人は誰も知らないそうだ。書庫は、事務職員以外の人間がいるとき
は決して口を開かないからだ。
しゃべる書庫と出会って以来、すっかり世の中を見る目が変わってしまった。
子どものころは、幽霊のような不思議な現象が本当に存在するのかもしれない、とおそれていた。
まわりの人は全員幽霊なのではないか、と考えて怖くなり、「本当はもう死んでるんだよね？」と
母に尋ねて、「そんなわけないじゃない」と大笑いされたこともあった。
子どもというものはおかしなことを考えるものだ、とのちに振り返った。だが、あろうことか、
大人になってから、ありえるはずのない現象に出会ってしまった。
この世界にはほかにも不思議な現象があるのかもしれない。しゃべる書庫がいるのだから、幽霊
がいたっておかしくない。
書庫と出会ったばかりのころにその考えを話すと、「もちろんいるぞ」とあっさり返ってきたの
で、花音は凍りついた。
「本当なの？」

「霊がいるからこそ、人間にも占い師とかイタコとか除霊師とか、霊を扱う仕事があるんだろう？だいたい、俺だって精霊だぞ」

「あなたが精霊……。何だか、夢が壊れた気分」

「精霊」という言葉に何となく抱いていたほんわかとしたイメージが、粉々に砕け散っていく音が聞こえた。

人工知能が人間の暮らしを大きく変えようとしているこの時代に、どうして霊などという前時代的な存在に怯えなければいけないのだろう、と嘆いていると、書庫はさらに追い打ちをかけるようなことを言った。

「特にこの学校は、昔から幽霊が出るという噂があるらしいな」

「もうやめて！」

耳を塞《ふさ》ぎながらも、きっとこういう仕草が子どもっぽいんだろうな、と思った。

「幽霊とか精霊とか、そういうわけのわからないものはあなただけで十分だよ」

書庫のことはいつも「あなた」とだけ呼んでいる。「書庫」と呼ぶのは、猫を「猫」と呼ぶような不自然さがあるし、愛称をつけるのも嫌だった。書庫自身は「しょこたん」を提案してきたがもちろん却下した。

毎日のように書庫としょうもないやりとりをしながら、一年一カ月を過ごしてきた。相変わらず書庫からは子ども扱いだが、花音自身、自分が年相応の大人になれているという実感はまるでなかった。子どものころは、二十四歳にもなればしっかりした人になるのだろうと思っていたのに。

教材代理店の社長と話をしていたときにその悩みを漏らすと、こう返ってきた。

「江夏さん、気にしすぎ。みんなそんなものですよ」

会議の前日のことだった。大和や長沼たちともう一度話し合ったがいい返事がもらえず、肩を落として事務室へ戻ってくると、そこに甲斐野《かいの》の姿があったのだ。

甲斐野は隣の市にある教材代理店の社長で、去年からF中学校にも来るようになった。美術教材に強いらしく、花音よりもむしろ長沼のところによく顔を出している。まだ一度も注文したことはないのだが、甲斐野はそんなことは気にせず事務室に来ては花音と雑談をしていく。

「僕が大人になったと実感したのは三十歳のときに息子が生まれてからです。そういう強烈な出来事がないと、なかなか大人の自覚なんて生まれませんよ。現代人は、イニシエーションを経験する機会がないから」

「イニシエーション?」

「大人になるための通過儀礼のことです。大昔は、抜歯とか刺青《いれずみ》とか、痛みを伴う経験をすることで初めて大人の仲間入りを果たせたんです」

甲斐野は「きっとそのうち、嫌でも大人にならざるを得ないときが来ます」と言い残して、事務室を出ていった。

「大人になった花音か。早く見てみたいものだな」

すぐに書庫が口を開いた。

「あなたが粗大ゴミになるのとどっちが先だろうね」

「どっちが早いか勝負するか?」

受けて立とうじゃない、と反射的に言いかけてから、首をかしげた。

「どっちが勝っても、私が得するだけじゃない？」

「……あれ？」

めずらしく、書庫が戸惑った声を発した。


予算会議の翌日は、朝からあわただしかった。プリンターと印刷機の調子がいっぺんに悪くなったので順番に対応し、生徒がガラスを割ったので至急業者を呼び、親を扶養に入れたいと教員から相談されたので制度の概要と手続き方法を調べ、その合間に電話や来客の対応をして……とやっているうちにあっという間に昼が近づいてきた。

ラベルライターを取りに来た眉村と話していると、教頭とあいさつを交わす女性の声が廊下から聞こえた。

声の主が事務室に入ってくる。

「花音ちゃん、お疲れさま」

和泉《いずみ》が向かいの机に座った。眉村が不思議そうに見ていたので、「他校の事務の方です」と説明した。和泉は花音が新任のころから定期的に顔を出してくれる。どんなささいな悩みも和泉に聞いてもらっているので、書庫からは「まるで母親に甘える娘みたいだ」と揶揄《やゆ》されたことがあった。

廊下から、教頭が眉村を呼ぶ声がして、彼は事務室を出ていった。

「会議、どうだった？」

和泉が言った。彼女は会議の前日にも事務室に来て、花音の相談に乗ってくれた。

「もう散々でしたよ！」

去年のリプレイのような会議だった。購入希望を取り下げる教科がなかなか現れず、最後は昨年度と同様、教頭が有無を言わさぬ迫力で買うものと買わないものの仕分けをして予算内に収め、参加者の一部に大きな不満を抱えさせたまま会議が終わった。

「結局、新しい書庫も買えませんでした」

花音は肩を落とした。会議終了後、憔悴《しょうすい》の面持ちで事務室に戻ってきた花音に、書庫は「これからもよろしくな、相棒」と楽しげに言った。誰が相棒だ！　と言い返す力すら残っていなかった。

「せっかくだからずっと使ったら？」

「冗談じゃないですよ！　こんな前世紀の遺物、今すぐ海にでも放り投げてやりたいくらいなんですから」

それから二十分ほど話し、和泉はいなくなった。一人になったところで、花音は身構えた。先ほど書庫を罵倒《ばとう》したので、きっと何かしら言い返してくるはずだ。

「ちょっといいか」

案の定、書庫がしゃべり始めた。だが、重々しい口調からは、悪口への反撃をしそうな気配は感じられなかった。そういえば、今日は朝からずっとバタバタしていたので、書庫の声を聞くのはこれが初めてだった。

「眉村のことだけどな」

「どうしたの？」

「昨日、大和に脅されてた」

「はあ？」

「花音が帰ったあとに、大和と眉村が入ってきたんだ。入口付近で話してたから全部聞き取れたわけじゃないんだが、眉村くんの経歴はよく知ってるとか、みんなに知られたらまずいよね、とか言ってた。二十万あるとうれしいな、って言ったのも聞こえてきた」

「何よそれ」

花音の呼吸が浅くなってきた。

どこに目や耳がついているかは知らないのだが、書庫の視界は、普通教室の三分の一ほどの大きさがある事務室をすべてカバーしており、聴覚は人間と同程度らしい。

「眉村先生は払おうとしてた?」

「そんなお金ありません、って言ったのは聞こえた。大和は、金がないなら作ればいい、と言ってたな。吹奏楽部の楽器を買うことになったんだから、古い楽器を売ればいいんじゃないか、とか」

会議の結果、体育の物品を大幅に削る一方、ユーフォニアムは買うことになった。音楽主任が出張で不在だったので眉村が代わりに出席したのだが、体育主任の大和は途中から彼をにらみ続けていた。大和が眉村を脅したのはその腹いせだったのだろうか。

「今日の帰り、こっそり楽器を持ち帰ったりしてな」

「眉村先生はそんなことしないよ」

それにしても、大和は何を材料に眉村を脅したのだろうか。経歴がどうのこうのと言っていたらしいが……。

「ちょっと、開けるよ」

花音は書庫に声をかけてから戸を開け、教職員の任用関係書類が入ったファイルを取り出し、眉村の履歴書を捜した。

眉村政親《まさちか》、二十九歳。中学の音楽科の免許を持っている。私立大学を卒業後、正規の教員として働き始めた。だが、二年後の三月には早くも退職。それが今から五年前のことで、それ以降、職歴欄には何の記載もなかった。

この経歴はたしかに気になる。なぜたった二年で退職したのか、そこからの五年間、何をしていたのか。

「不祥事起こして辞めたんじゃねえか？　ほとぼりが冷めるのを待ってから仕事に復帰した、とか」

「まさか！」

いや、本当に「まさか」なのか？　脅されたくらいだから、それくらいの事情があってもおかしくない。

しばらく沈黙が続き、「まあ、二人で考えてもわかるわけないか」と書庫が言った。

「一人と一台ね」

花音はすかさず訂正し、もやもやした気持ちを抱えながらも仕事に戻った。やるべきことが山積みの今、いつまでも眉村のことを考えているわけにはいかない。

放課後、その眉村が事務室を訪れた。

「江夏先生、昨日はお疲れさまでした」

花音に向けてほほえみかけてくる眉村の顔には、脅迫を受けている気配など微塵も感じられなかった。

「さっそく購入手続きですか。大変ですね」

眉村は事務室の物品棚から採点用のサインペンを取りつつ、教材用カタログでいっぱいになった花音の机に目をやった。

「今日は残業ですか？」

「そうなりそうです」

と答えてから、ふと思いついて「でも、七時前には帰れると思います。先生はもっと遅いんじゃないですか」と言った。

「そんなことないですよ。六時には帰ります」

眉村が出ていった。

「花音にしては機転が利いてるな。楽器を売ろうとしていないかどうか、あいつが帰るところを見張ろうってわけだ」

「見張る、って嫌な言い方するね」

それからしばらく仕事に集中して、十八時近くに職員室へ向かった。

眉村の姿はなく、机は綺麗に片づけられていた。

「眉村先生なら、ちょっと前に帰ったよ」

隣の席の教員が教えてくれた。「今ならまだ更衣室にいるかも」

男子更衣室に入るわけにはいかないので、花音は先に職員玄関へ行くことにした。下駄箱を見れば、校内にいるかどうかがわかる。

だが、下駄箱を確認するまでもなかった。

職員玄関まで向かっていると、特別教室へ続く廊下から眉村が歩いてきて、下駄箱の前に立った。眉村は、細長いバッグを右肩に抱えていた。サックスとか、トランペットとか、そういう吹奏楽の楽器を収納するのにぴったりのサイズに見えた。

そして眉村は、音楽室がある方向から歩いてきた……。

肌が粟立《あわだ》つのを感じた。本当に、眉村は楽器を売るつもりだろうか。自分の楽器を持ち歩いているだけならいいのだが。

そういえば、最寄り駅の近くに、学校でもよく利用している楽器店があった。そこに持っていくつもりなのかもしれない。

花音は急いで事務室へ戻って退勤の準備をした。すっかり暗くなった外へ出て、歩いて十分のところにある駅までの道を急いだ。

前方に、細長のバッグを抱えた男性の姿が見えてきた。

眉村は店を素通りして、駅の構内へ入っていった。花音はほっとしたものの、楽器店はほかにもあるという当然の事実に気がついた。馴染みの楽器店が別にあり、そっちに売りにいくつもりかもしれない。

同じ車両の、眉村の隣のドアから電車に乗った。眉村は入口脇の壁にバッグを立てかけ、自身はその前にいた。花音はほかの乗客を壁にしながら眉村の様子を窺《うかが》った。

任用の際に通勤手当の申請手続きをしたので、眉村が降りる駅は知っている。その駅の名と「楽器店」という組み合わせでネット検索すると、駅前に楽器店があった。

二十分ほど電車に揺られ、眉村が降りた。花音も続く。改札を通り、駅前の信用金庫やスーパー、ラーメン店を横切り、その先にある楽器店を……眉村は通りすぎていった。

花音は胸をなで下ろした。だが、よく見ると、店のシャッターは下りていて、「本日臨時休業」という紙が貼られていた。

眉村は住宅が並ぶ細い通りを過ぎ、ゆるやかな坂を上った先の家に入っていく。「眉村」と書かれた黒光りする表札の前で、花音はその住宅を見上げた。

ブロック塀に囲まれた、二階建ての大きな家だった。その手前には、家と同じくらいの広さの庭があり、地面には芝生が敷きつめられている。

二十万円くらい、簡単に用意できそうな家だった。

おはようございます、と挨拶をして、眉村が事務室に入ってきた。

「他校の職員の名前がわかるものって、何かありますか?」

花音が県の教職員名簿をわたすと、眉村は礼を言って去っていった。

朝、昨日のバッグを持って出勤する眉村を目撃した。昨日楽器店が休みだったから、今日こそ売りにいくつもりかもしれない。

あれだけの大きな家に住んでいる人が、たかが二十万円のために楽器を持ち出すだろうか、とも思った。だけど、もし家のお金に手をつけられない事情があったとしたら……。

「馬鹿だな、花音は」

書庫は鼻で笑った。鼻があるのかどうかは知らないが。

「仮に眉村が楽器を売るつもりだとしても、今日学校に持ってきたのは楽器じゃない。人間心理から考えて、一度盗んだものを、わざわざもう一度持ってくるわけがない」

「書庫のくせに人間心理とか言わないで」

「書庫に人間心理を教わってる小娘はどこのどいつだ」

花音は奥歯を嚙《か》みしめた。悔しいが、書庫の指摘は間違っていない。

「じゃあ、あのバッグには何が入ってるんだろう」

「さあな。楽器とはまるで関係ないものか、あるいは眉村自身の楽器か」

「あるいは、昨日は学校の楽器を持ち帰って、今日は違うものを持ってきた、とか？」

「可能性はゼロじゃないな」

今日は金曜日。週末の間に売りにいくのだとしたら、もう止めようがない。

「今日はどうする。また眉村のあとをこそこそつけまわすのか？」

「その人聞きの悪い言い方、わざとだよね」

「書庫聞きは別に悪くないぞ」

わけのわからないことを言う書庫を無視して、「今日もやるよ。あのバッグ、やっぱり気になるし……」と答えた。

大和が入ってきたのは、十七時半過ぎ、そろそろ眉村の動向を気にしなければならないと思っていたころだった。

「やっぱバレーの支柱買ってくれない？　鉄製で重いから、子どもが扱うのは危険なんだ。今はもっと軽いのがあるんだよ」

バレーボールの支柱は、会議で買わないことが決まっていた。

「業者に掛け合うとか新しいルート見つけるとかして、安く買えないの？　後藤さんなら、こういうとき何とかしてくれたよ」

「でも、会議で決まったことですし……」

「会議で決まったことを守るのと、本当に学校のためになることをするのと、どっちが大事なのか、わかるよね？」

大和が強面《こわもて》の顔をぐいと突き出した。いつもの花音だったら圧力に屈して首を縦に振りそうなところだったが、今はそこをぐっとこらえた。脅迫するような人の言いなりになってたまるか。

「みんなで決めたことだから、簡単には変えられません」

大和は、大きなため息をついた。失望したような顔つきで、花音を見下ろした。

「融通が利かないね。決まったことをそのままやるだけなら誰にだってできるよ」

大和は嫌味たらしく言った。「これじゃあ、いずれ江夏さんの仕事は人工知能に取って代わられちゃうかもね」

最後に「もう一度考え直してね」と言い残し、大和は出ていった。

「人工知能？　何言ってるのあの人……」

「いや、後藤も同じこと言ってたぞ」

書庫が口を開いた。「人工知能が進化すると、今ある仕事の大半はなくなるらしいな。事務は、教員と違って特殊な技能を持ってるわけじゃないから、このままだと僕たちはもう用済みだ、って言ってた」

「用済み……」

ショックを受けていると、「俺も他人事《ひとごと》じゃないけどな」とつぶやく声がした。

「そのころには紙の書類もなくなって、俺も必要なくなるらしいぞ」

「えっ……」

「俺と花音と、先に捨てられるのはどっちだろうな。勝負するか？」

さびしそうな書庫の声が、花音の胸に響いた。

「ところで、そろそろ眉村の様子を見にいった方がいいんじゃないか？」

「忘れてた！　ありがとう！」

あわてて立ち上がり、「しまった、書庫ごときにお礼を言ってしまった」と言い捨ててから、職員室まで急いだ。

ちょうど、眉村が周囲の教員に「お先に失礼します」と頭を下げているところだった。花音も事務室に戻って帰りの支度を始めた。玄関へ行くと、長いバッグを持った眉村の姿があった。昨日と同様、距離を保ちながら眉村のあとをつける。

彼の背中を追いかけていると、何をやっているんだろう、というむなしい思いが湧き上がってきた。尾行なんかじゃなくて、眉村と並んで外を歩きたい。そしてそのままお洒落《しゃれ》なレストランなんかに一緒に入っていけたら楽しいのに……。

「眉村先生！」

花音は悲鳴のような声を上げた。眉村が駅前の楽器店に入っていこうとしたのだ。

「江夏先生……？」

駆け寄ってくる花音を、眉村は不思議そうに見ていた。犯罪行為を働こうとしているのを見られた、という動揺は見受けられない。だけど、花音とは違い、感情を隠すのが上手なだけかもしれない。

「どうしました？」

問われて、花音は言葉に窮《きゅう》した。いきなり「学校の備品を売ろうとしてませんか」とはさすがに言いづらい。

「すいません、用がないのであれば……」

眉村が楽器店に入ろうとしたので、花音は反射的に「あの！」と口走っていた。何とかして引き留めなければ。

「一緒にご飯食べに行きませんか？」

言ってから、自分は何て馬鹿なのかと呆れた。

眉村は一瞬石のように固まったが、それから頬をゆるませた。

「いいですね、行きましょうか！」


どうしてこんなことに、という戸惑いと、眉村と二人きりで食事できるなんて、という喜びが交錯する中、隣駅のレストランに入った。店内は混み合っていて、窓際の席がかろうじて一席だけ空いていた。

眉村はバッグを壁に立てかけてから、席についた。

結局楽器店には寄らなかった。眉村が「暇つぶしに覗きに来ただけなので、別にいいんです」と言ったのだ。

食事の間、眉村は花音の仕事についていろいろ尋ねてきた。

「職場に仕事の相談ができる同僚がいないのはなにかと大変ですね」

「そうなんです！」

後藤に電話で質問するのがいまだに緊張するという話や、学校に来てくれる和泉の存在が精神安定剤になっているという話を、眉村は深くうなずきながら聞いてくれた。

「ずっと事務室に一人きり、というのもさびしいですよね」

「いや、そんなことはないです」

花音は即答した。さびしいどころか、たまには孤独を味わいたいほどだ。

「子どものころは、事務の人が学校にいたなんて知りませんでした」

眉村が言った。

「そうですか？　私は知ってましたよ」

通っていた小学校の事務の女性が、花音の友達のいとこで、花音とも仲よくしてくれたのだ。友達と事務室に遊びにいったとき、いつも花音たちを厳しく叱る高齢の先生が、「教えてほしいことがあるんだけど」と言って姿を見せたことがあった。彼女が一回り年上の先生にてきぱきと指示をする様子と、「ありがとう、助かったよ」と言って、ほっとした顔で帰っていく先生の姿が印象に残った。

いつもどんな仕事をしているのかを尋ねると、彼女は丁寧に答えてくれた。花音の感想は「地味な仕事だね」だったのだが、その際に彼女が言った言葉が私には忘れられなかった。

「でも、花音ちゃんたちが学校で楽しく過ごすためには、私のような人も必要なの。世の中には、見えないところで頑張ってる人がたくさんいるんだよ」

県の職員採用試験に「学校事務」という採用区分を見つけたとき、彼女のことを思い出し、受験することにした。働き始めて一年と少し、今はまだ未熟だけど、いつか彼女のように、みんなから信頼されるような人になりたい、と願っている。

……だけどそうなる前に、花音は用済みになるかもしれない。そのことを思うと、とたんに気持ちがしぼんでいく。

「眉村先生は、どうして教員になったんですか?」

「中学からずっと吹奏楽をやっていたので、今度は教える側に回りたいと思ったんです」

「F中に来るまではどこの学校にいらっしゃったんですか?」

自分なりに平静を装って尋ねた。退職してからの五年間、彼は何をしていたのか。

「家庭の事情でしばらく休んでいました」

「家庭の事情?」

おうむ返しに尋ねたが、彼はうなずくだけでその先を語ろうとしなかった。

「家庭の方はもう大丈夫なんですか?」

「そうですね。そうだ、そういえば、そろそろお子さんが産まれる時期ですよね」

眉村は産休中の音楽教諭の名前を挙げた。「出産したら、また江夏先生の仕事が増えるんですか?」

「はい。出産の手続きってやったことないんですよね。後藤さんに教えてもらわなきゃ」

と答えてから、ようやく眉村に話をそらされたことに気がついた。

「すいません、ちょっと失礼します」

眉村がトイレに立った。

チャンスだ。

姿が見えなくなったのを確認してから、花音は壁に立てかけられたバッグのファスナーに手を伸ばした。

「何、これ……」

中に楽器はなく、代わりに、長い杖《つえ》が入っていた。それも、足の不自由な人が使うようなものではなく、ファンタジーの世界に出てくる魔法使いが持っていそうなデザインだった。上端に水晶が埋め込まれていて、杖を振るとそこから魔法が飛び出てきそうだった。

「何してるんですか」

声がして振り返ると、顔をこわばらせた眉村が立っていた。

「トイレに行ったんじゃ……」

「混んでたので戻ってきたんです」

それから低い声で言った。「あなたがこんなことをする人だとは思わなかった」

「ごめんなさい、何が入っているのか気になって、つい」

花音はファスナーを元に戻して頭を下げた。

学校の楽器ではないかと疑っていたことを話そうか、とも考えた。だけどそれを明かせば、脅迫されたのを知っていることまで話さなければいけなくなる。なぜ知っているのかと問われたとき、どう答えればいいのか。

花音が謝り続けていると、眉村の顔が微妙に変化した。あいかわらず表情は険しいままだが、怒っている、というよりも悩んでいるように見えた。

「江夏先生、口は堅いですか」

花音がうなずくと、眉村は「それならお話ししますが、二度と僕をがっかりさせないと約束してください」と語気を強め、花音がふたたびうなずくのを待ってから言った。

「実は、江夏先生の力をお借りしたいんです」


「僕の家は、代々除霊師という仕事をしています」

眉村は大真面目な顔で言った。

「はい？　ジョレイシ？」

「霊を除く、と書いて除霊師です」

「あ、なるほど……」

なるほどじゃないよ、と自分に突っ込んだ。いったい、何の話？

「そんな仕事があったんですね」

やっとの思いで口を開くと、眉村はにっこり笑った。

「お互い様ですね。僕も、学校事務なんていう仕事、知りませんでしたから」

そう言われると返す言葉がない。

「僕たちが思っている以上に、世の中にはさまざまな仕事があるということです」

そこでようやく、除霊師というのが初めて聞く言葉ではないことに気がついた。以前、書庫が言っていた。霊がいるからこそ、除霊師のような仕事があるんだとか何とか……。

「お祓《はら》いみたいなことをするんですか」

「基本的にはそう思っていただいてかまいません。神主が、お祓い用の棒を持って祝詞《のりと》を読み上げるように、除霊師は、この杖を持って、呪文を唱えて霊を祓うんです。たとえば住人が自殺した家や、事故現場のような、霊がいる『かもしれない』と不安になった人から依頼を受けて、除霊の儀式を行う、という場合が多いです。ただ、神主と違うのは……」

そこで眉村はわずかに身を乗り出した。「まれに本物の霊を取り除く場合があるということです」

思わず唾を飲み込んだ花音を見て、眉村は緊張が解けたかのように頬をゆるませた。

「呆れた顔をされるかと思いました。江夏先生は、霊を信じる方ですか」

信じるも何も、と思いながらも、「まあ、いるかもしれないなあ、とは」と答えた。

「眉村家に生まれた者は、みな霊的な力を生まれつき持っています。眉村家は、代々除霊を行う一族なんです」

「はあ……」

どう返せばいいかわからず、花音はしばらくぽかんとしてから、「ほかにもこんな仕事をしてる人がいるんですか?」と尋ねてみた。

「僕たちみたいな家族が二十組ほどいます。昔はもっといたんですけど、霊を信じる人が少なくなって需要が減ってきたので、見切りをつけて廃業する家が多いんです」

「あ、そうなんですか。何となく儲《もう》かりそうだなと思ったんですけど」

昨日見た大きな家を思い出しながら言った。

「昔はね。今はもう、除霊業界は斜陽産業です。学校の先生の方が稼げますよ」

除霊業界！　すごい四字熟語が飛び出してきた。

「だから眉村先生は教員になったんですか？」

「僕は次男だったので、当初は跡を継ぐ予定はありませんでした。ただ、父が引退してから、跡を継いだ兄が家を出ていったんです。しばらくは除霊師として頑張っていたんですが、『どうしてもやりたいことがある』と言って仕事を辞めたので、僕が代わりに跡を継ぐことになったんです。教員を辞めて、二年間修行をして、除霊師になりました」

「なりました？」

花音は目を見開いた。「眉村先生、今除霊の仕事をしてるんですか？」

「はい。今は現役復帰した父と二人で除霊師をやっています」

「でも、今先生をやってるじゃないですか」

「F中には、除霊師としての仕事をするために来たんです」

「えっ？」

「F中は、昔から幽霊が出ると言われているんです」

その話は書庫から聞いたことがあった。

「F中の生徒や教職員が近しい人を亡くしたとき、その人の幽霊が学校に紛れ込むことがあるんです。故人を思う強い気持ちに反応して、幽霊が現れるようです。どうやら、あの土地は霊を招きやすい性質があるみたいです」

なるほど、だから書庫にも精霊が宿ったのか。

「十年前、息子を亡くした先生の前に、その息子の幽霊が出たときに、学校関係者の中に父の顧客がいたので、父が除霊しました。ただ、昨年の秋、久しぶりに父がその関係者に連れられて学校の様子を見にいったときに、校内から霊の気配を感じたそうなんです」

「……去年の秋ですか」

「はい。ただ、誰が幽霊なのかまでは特定できませんでした。この学校の幽霊は、生きている人と何ら変わりのない姿で現れて、他人と会話もできるので、見た目だけで幽霊と判断するのが難しいんです。今までは死者の顔を知っている人が声を上げたので幽霊だとわかりましたが、今回はなぜかそれがないので、霊気を発している者を見つけるしかありません」

「霊気?」

「霊がかすかに発する気のようなものを僕たちは感じ取ることができるんです。ただ、それに気づくのは僕たちでも難しいんです。部屋の換気状態がいいとまったく気づかないことさえあります。ですから、一人一人をじっくり観察して霊気の持ち主を特定しないといけないんですが、部外者が校内をうろつき回るわけにはいかないので、父は校長先生と、どうやって幽霊を捜すか検討しました。音楽の先生が三月から産休に入るということだったので、音楽の免許を持った僕に白羽の矢が立ったんです。今は、毎日子どもの指導をしながら、霊の気配がないかを捜し続けています」

「両方の仕事をいっぺんにやってるってことですか?　大変じゃないですか?」

「とんでもない!　先生の仕事も好きだったので、こういう形で学校に戻ることができて、ラッキーだったと思ってます」

眉村が白い歯を見せた。

「それで、霊は見つかったんですか？」

「人物の特定まではできていませんが、ようやく気配を察知できました。三日前、事務室で、霊気をかすかに感じたんです」

「えっ？」

「事務室を訪れた人の中に幽霊が交じっていて、霊気の残り香のようなものが室内に滞留していたんだと思います。いつでも除霊ができるようにと思って、一昨日からこの杖を持ち歩き始めたんです」

「ちが……」います、事務室には書庫の精霊がいるんです。そう口をはさもうとしたが、眉村は止まらなかった。

「事務室を訪れた人の中に、幽霊が交じっていたはずです。江夏先生、あの日……つまり、予算会議の前日、幽霊らしき人物が来ませんでしたか？」

「いきなりそんなこと言われても……」

「よく思い出してみてくれませんか」

花音は腕を組み、書庫の存在を明かすべきかどうか、考えを巡らせた。

違うんです、幽霊なんていません。眉村さんが感じたのは、書庫が発する霊気なんです。

そう伝えれば、書庫に宿る精霊を取り除いてくれるかもしれない。わざわざ買い換えなくても、あいつとお別れできる。

何度か打ち明けようとした。だがそのたびに、脳裏によみがえる言葉があった。

「俺と花音と、先に捨てられるのはどっちだろうな」

書庫の、柄にもない感傷的な響きを帯びた声を思い出すと、なぜか喉が塞がれ、声を発することができなくなった。

結局、しばらく沈黙した末に、「よくわかりません」と答えた。眉村は「もう少しよく考えてみてもらえませんか」と粘ってきたが、「もうやめてください。幽霊と話したかもしれないなんて、考えたくもありません」と断った。

「何か気づいたことがあったらすぐに教えてください」

眉村は肩を落として言った。


週末は法事があったので実家で過ごし、月曜日特有の憂鬱を抱えながら職場へ向かった。立て続けにかかってきた電話の対応が一段落すると、さっそく書庫が話しかけてきた。

「この間はどうだったんだ？　眉村は楽器を売ろうとしてたのか？」

眉村との話を伝えると、書庫は「あの男が除霊師だったとはな」と、苦虫を嚙みつぶすような様子で言った。

「眉村が感じた霊気は俺が発するものなのか？」

「だろうね」

「どうして眉村はあの日に限って霊気に気づいたんだ？　俺はずっとここにいるのに」

「ああ、それはね……」

あの日、部屋の換気が行われていなかったのだ。ふだんは花音が出勤したときに事務室の鍵を開けて照明と換気のスイッチを押すのだが、ときおり、事務室に用のある教員が花音より先に鍵を開けておくことがある。あの日も出勤した時点で部屋の電気はついていたのだが、換気扇は回していなかったらしい。退勤時に戸締まりをするときに、花音はそのことに気づいたのだった。

「霊気が循環されずに残っていた、というわけか。じゃあやっぱり俺の霊気なのか？」

「だと思うよ。幽霊らしき人、見てないでしょ？」

「そうだな。まあ、いたところでわからないがな」

同じ霊でも、人間と幽霊を見分けられるわけではないらしい。

「霊気を感じることもできないの？」

「花音は人間が発する人気というものを感じることがあるのか？」

「ヒトケ、って何よ」

「そう思うだろ。それと一緒だ。俺の方が、霊気って何だよ、って聞きたいくらいだ」

書庫がぼやき、それから「結局、大和の脅迫は何だったんだ？」と訊いてきた。

花音はふたたび眉村とのやりとりを伝えた。

眉村から除霊師の話を聞き終えてから、花音が「この話、私が知っても大丈夫なんですか？」と尋ねたときのことだった。

「本当は秘密だったんですけど、もういいんです。僕が除霊師であることは、大和先生が知っているみたいなので」

「大和先生？」

「この間、副業をやってるのを知られたくなかったらお金を払え、って脅してきたんです。僕は払うつもりはないから、いずればらされるかもしれません」

「大丈夫なんですか？」

「任用の際に校長先生と相談して、いったん除霊師は辞めたことになってます。その辺の手続きは抜かりなくやってます。大和先生にも同じことを言ったんですけど、強がりだと思われたみたいです」

「なるほど、そういうことか」

書庫は言った。

「尾行までした自分が馬鹿みたい。今度からちゃんと話聞いといてよね」

「だったら今度脅迫するときは俺の近くでやるように大和に言っておけ」

書庫はぶっきらぼうな口調で言って、「もし本当に幽霊が来たとすると誰だろうな」と話を戻した。

「幽霊なんていないってば」

「学校の職員が幽霊ってことはさすがにないだろうから、外部の人間か？　和泉とかどうだ……いや、だとすると和泉は花音が呼び寄せているってことになるな」

「そうだよ。和泉さんのわけないじゃない」

「だとすると……」

そこで事務室の戸が開く音がして、話は中断となった。

「すいません、こっちで出てもいいですか？」

美術主任の長沼が電話機を指さしながら入ってきて、向かいの席で受話器を取った。花音は机上に広げた書類に目を向けたが、次第に意識は電話の方へ移っていった。

「はい……はい……申し訳ありません、今年度も買い換えの予定はないんです……ええ、そのとおりなんですが、どうしても予算の都合がつかなくて……」

十分ほどで通話は終わった。受話器を置いてから、長沼は深いため息をついた。

「今のってもしかして……」

花音が言い終わる前に、長沼は「美術部の子のお母さん。机がどうなったのか気になったみたい」と眉間に皺を寄せて言った。

「私の一存で決められることじゃないんだから、私にばかり文句を言われても困りますよね」

責めるような視線を向けられ、花音は射すくめられたように動けなくなった。長沼は、花音に見せつけるようなため息をつき、事務室を出ていった。ちょうど、教材代理店社長の甲斐野が廊下にいたらしく、「長沼先生、こんにちは」と声をかけているのが聞こえてきた。

「八つ当たりなんてみっともねえな」

さげすむような書庫の声で、鉛《なまり》が落ちたように重くなっていた花音の胸が、ふわりと浮き上がるのを感じた。

「今の、八つ当たり?」

「そりゃそうだ。保護者を説得するのもあいつの仕事だろ?」

「だよね、ありがとう」

「おいおい、俺に礼なんて言いたくないんじゃないのか?」

「あ、そうだった。やっちまった」

花音は忌々《いまいま》しげな表情を作ったが、ポーズだけなのは自分でもよくわかっていた。

事務室に来た和泉と話している最中、今度は大和がやってきた。

「支柱、何とかなりそう？」

うんざりする思いを押しとどめ、「いえ、やっぱり厳しいです」と答えた。

「この間、考え直して、って言ったよね。前と同じ答えは聞きたくない」

「ですが、やはりない袖は振れないので……」

「大和先生」

向かいの席から、和泉のなだめるような声がした。「あまり困らせないでください」

「私は相談してるだけなんですけどね」

大和は震える手で頭を掻き、決まり悪そうに言った。

「この子も、みなさんの希望を叶えてあげられないのを心苦しく思っているんです。事務室で使いたい備品もあったのに、それを取り下げて、できるだけ教材をそろえようと配慮していました。それでもどうしても予算が足りなかったので、先生たちにも涙を呑んでもらうしかなかったんです。そこのところ、おわかりいただけるとうれしいんですけれど」

「ええ、わかってますよ、もちろん。ですが、こちらにも事情がありましてね……」

「でしたら、まずは校長先生や教頭先生に相談されたらどうですか？　管理職の方が同席された場で決めたことを、彼女の一存で覆《くつがえ》すわけにはいきません」

丁寧な口調で、だけどきっぱりと告げ、それから立ち上がった。

「一緒に相談しにいきましょうか？」

「いえ！　私も忙しいので、また別の機会にでも」

大和は両手をかざして和泉を押しとどめ、最後に花音をひとにらみしてから退出した。

「目上の人には弱いくせに、そうじゃない人には高圧的なおじさん、よくいるんだよ」

「ありがとうございます。助かりました」

花音は頭を下げた。だが、今ごろ大和が何を考えているかを想像してしまい、気分は晴れなかった。

この間、大和がほかの教員と花音の陰口を言っているのを偶然耳にしたのだ。

「江夏さん、まだあの和泉とかいう人に来てもらってるんだな。もう二年目だろ。依存しすぎじゃないか？」

相手の教員が「仕事の相談をできる人がいないから心細いんじゃないですか？」となだめたが、大和はさらに続けて言った。

「昔一緒だった事務の新任は、一年目から一人で頑張ってたぞ。いつまで半人前のつもりなんだ？和泉って人も自分の仕事があるだろうから、本当は迷惑なんじゃないの……」

「花音ちゃん？　どうしたの？」

和泉の問いかけで、花音の回想は遮られた。

「あの、私、和泉さんに」

頼りすぎでしょうか。そう訊こうとしたとき、ふたたびドアが開く音がした。

険しい顔をした眉村が、例の細長いバッグを携えて立っていた。

眉村は換気のスイッチを切り、部屋の隅々まで見わたした。その範囲が徐々に狭まり、最終的に彼の視線はある一点に集中した。

そのまま、一人だけ時が止まったかのように、眉村は動かなくなった。

「どうしました？」

尋ねたが返事はない。眉村のこわばった顔を見ているうちに、花音の心拍数が高まっていく。

「霊を見つけました」

唐突に、眉村は言った。それから頬をゆるめて、「江夏先生、二度とがっかりさせないで、って言ったじゃないですか」と言った。

「霊の正体、僕に隠していましたね？」

うつむく花音の頭上から、眉村が息を吸い込む気配を感じた。

「和泉さんは、あなたが招いた幽霊ですね」


もともと彼女に目をつけていたんです、と眉村は言った。

「彼女はF中の人間ではないですから、江夏先生さえ黙っていれば、誰も幽霊だとは気づきません。先日、江夏先生から教職員名簿をお借りして調べましたが、和泉という事務の方はどの学校にもいませんでした」

花音は唇を噛み、黙って眉村の話を聞いていた。

「和泉さん」

眉村は和泉に身体を向けた。「もうすぐ出産される先生がいるんです。江夏先生は出産時の事務手続きをしたことがないそうなので、どんなことをすればいいか、彼女に教えていただけますか？」

和泉は首を横に振った。

「できません。私は事務の仕事なんてしたことないから」

眉村は「そうですよね」と言った。

「江夏先生が、出産の手続き方法を後藤さんに教えてもらわないと、と言ったとき、おかしいなと思ったんです。わざわざ後藤さんに電話するくらいなら、いつも学校に来てくれる和泉さんに教えてもらえばいいいんですから」

眉村が、花音の顔を覗き込んできた。

「和泉さんは何者なんですか？」

花音はうなだれたまま、返事をすることもできない。

「去年の会議の前に、一週間ほど私用でお休みされたんですよね。大事な会議の前に一週間も休むなんて、よほどの事情があったとしか思えません。たとえば……」

眉村は言葉を切り、少しためらってからふたたび口を開いた。「身内の方が亡くなって忌引《きび》きを取った、とか」

「……母です」

花音は観念して、顔を上げた。

母が交通事故で亡くなったのは、ちょうど一年前のことだ。先週末の法事は、母の一周忌だった。

幽霊が出るという噂を書庫から聞いていたので、お母さんの幽霊が出てきたらいいのに、と願っていると、ある日本当に母が現れた。いつものように「花音ちゃん」と呼び、「仕事の調子はどう？」と尋ねてきたのだ。

ほかの教職員には、和泉は「他校の事務職員」ということで通した。書庫にも、和泉が幽霊であることは秘密にしていた。社会人にもなって親に頼り切りなのを知られたら、また馬鹿にされると思ったからだ。だから花音はいつも母のことを「和泉さん」と下の名前で呼ぶようにしたし、言葉遣いにも気をつけた。幸い、「和泉」は名字にも聞こえるので、違和感を持つ人はいなかった。

「除霊、どうしましょうか」

ためらいがちに、眉村は尋ねてきた。「ほかの先生方は誰も気づいていないですから、しばらくはこのままでも支障はなさそうです。もし、まだお母さんがそばにいてほしいのであれば、もう少し様子を見ても……」

「かまいません」

花音は心から血を流すような思いで言った。「眉村先生は、ご自分の仕事をなさってください」

一緒に食事をした日、眉村に書庫の存在を明かさなかった時点で、和泉の正体が暴かれることは覚悟していた。そして、そのときは和泉を除霊してもらうことも決めていた。

脳裏には、甲斐野が言った「イニシエーション」という言葉があった。

いつまでも死んだ親にすがりついていてはいけない。幼い自分と決別するための儀式を、いずれは自分も迎えなければならないのだ。

「でも、少し待ってもらえますか」

もう少しだけ、母に甘えさせてほしい。

花音は和泉に向き直った。和泉は、今までの話を全然聞いていていなかったかのような、おだやかな顔をしていた。

「相談したいことがあるんです」

「何かしら」

「私の仕事、将来なくなるかもしれないんですって」

「そうなの？」

「今自分のやってることが全部無駄になるような気がしてきて、どんな気持ちで仕事と向き合えばいいかわからなくなっちゃったんです」

「未来のことなんて誰にもわからないんだから、考えすぎちゃダメだよ」

和泉は笑い飛ばすように言った。たしかに、母が五十代で亡くなるなんて、誰も想像していなかった。

「それに、無駄になんてなるわけがない。だって、将来どうなろうが、今、花音ちゃんの仕事が必要とされているのは事実でしょう？　さっきみたいに、無理難題を押しつけられそうになることもあるけど、それだけ花音ちゃんを頼っている人がいるってことだよね。花音ちゃん、いい？　仕事というのは、個人の自己実現のためにあるんじゃないの。困っている人を助けるためにあるんだよ」

花音の背筋がまっすぐに伸びた。

困っている人を助けるためにやるのが仕事。シンプルだけど、そのとおりだ。

「今、花音ちゃんを必要としている人は学校にたくさんいるんだから、その人たちのために頑張ろうよ。今、求められている役割があるのなら、迷うことなく邁進《まいしん》すればいいの。もちろん、将来のことを考えるのも大切だよ。だけど何よりも、あなたは今を一生懸命生きることを最優先に考えなさい」

その言葉は、まるで遺言のように重く響いた。

以前、眉村も同じようなことを言っていた。

レストランで、学校にひそむ幽霊の話をしたあとのことだ。好きだった教員の仕事を辞めて、需要が減っているという除霊の仕事に就くことに迷いはなかったのかと尋ねたのだ。

迷わなかった、と眉村は答えた。

「霊の恐怖から解放されて安心する人を子どものころから何人も見てきました。僕は除霊師を求めている人たちの力になりたいんです。先生ができる人はたくさんいるけど、除霊という仕事は限られた人しかできません。必要とする人がいる限り、僕はこの仕事を続けていきます」

そのときの眉村の凛々《りり》しい表情を、花音は鮮明に覚えている。花音もこんな顔で、自分の仕事を語れるようになりたい、と憧れた。

「花音ちゃん、わかった?」

和泉の問いに、花音は「はい」と力強く答えた。

「よろしいですか」

問いかけてきた眉村に向かって、花音はうなずいた。

「部屋の鍵をかけていただけますか」

言われたとおりにしている間、眉村はバッグから、先端に水晶の埋まった杖を取り出した。

あらためて和泉と向かい合った。

「お母さん」

久々にその言葉を発した瞬間、涙で視界がにじんだ。かつて子どものころに発した問いを、久しぶりに口にした。

「本当はもう死んでるんだよね？」

今回は、「そんなわけないじゃない」とは、言ってくれなかった。

「始めます」

神主がお祓いをするときのように、眉村が杖を掲げ、どこの言語だろうと思うような謎めいた言葉を唱えた。時間が経つにつれて、和泉の身体が徐々に薄らぎ、背後の壁が見えるようになっていく。眉村は呪文を唱え続け、和泉はおだやかな顔のまま薄らいでいき、やがて完全に姿を消した。


眉村は、家業をしばらく父に任せ、任期が終わるまで学校に残るそうだ。「せっかくだから思う存分楽しみます」と、はりきって仕事に励んでいた。

大和はその後も支柱を買ってもらおうと粘ってきたが、母のアドバイスどおり、校長や教頭を交えて相談しようと提案すると、急に勢いを失った。

忌々しそうに花音を見る大和を前にしていると、一言言ってやろう、という思いが湧き起こってきた。

「眉村先生、除霊の仕事のことを知られてもかまわないそうですよ」

とたんに大和の頬が引きつった。

「どうしてそのことを……」

「そりゃあ、事務室で話してましたから」

「あのときは誰もいなかったはずだ」

「壁に耳あり障子に目あり、ってことです」

そして、書庫に精霊あり、だ。

大和は、幽霊でも目の当たりにしたかのような表情を浮かべ、逃げるように去っていった。

そして書庫は、和泉が幽霊だと見抜けなかったことをしきりに悔しがっていた。

「まさか花音に騙《だま》されていたとはな」

もし書庫が人間だったら、表面が削れるくらいの歯ぎしりをしているだろう。そう思わせるような、屈辱感に満ちあふれた声を出していた。

「俺が『感情がそのまま顔に出る』と偉そうに評していたのを、お前はあざ笑いながら聞いていたんだろうな」

「そんなことないよ。前にあなたが、母親に甘える娘みたいだ、って言ったの覚えてない？　私、ドキッとしたんだから」

「ああ、そんなことあったな。ヒントはあったわけか。あのときにもっと怪しむべきだった。花音が隠し事なんてできるわけがないと決めつけていた俺の負けだ」

「別に勝負してたつもりはないんだけど」

書庫には母を亡くしたこと自体告げていないのだから、気づけるはずがない。

「なあ、花音」

そこで、書庫は声のトーンを落とした。「どうして俺のことを眉村に言わなかった？　除霊してもらおうと思わなかったのか？」

「お金かかるじゃない。眉村先生はあくまで幽霊を追い払うためにここに来たんだから、あなたの除霊はきっと別料金でしょ?」

「おいおい、金の問題かよ!」

「あなたごときに私の貯金を使いたくないからね」

「とか言って、本当は俺と別れたくなかったんじゃないのか?」

「そ、そんなわけないでしょう!」

花音は思い切り首を振って否定した。書庫とのしょうもないやりとりがもうできなくなると思うとさびしくなった、という本当の理由は口が裂けても言わないつもりだ。

「来年こそ新しい書庫を買うよ。あなたがここにいられるのもせいぜいあと一年だから、覚悟しといて!」

花音は人差し指を書庫に突きつけた。

「ふん、せいぜい頑張りな」

がははははは、という書庫の笑い声が、いつもよりうれしそうだった。

妖精のいたずら

柏木朔《かしわぎさく》は、妻の亜美《あみ》が用意した荷物を見下ろした。リュックサックと二つの手提げ鞄は、スマートフォン、タブレット、ノートパソコンといった機器類や、テニスラケットにバスケットボールといったスポーツ用品などでいっぱいになっている。

「こんなに必要なの?」

「一つしか持っていかない人と、百個持っていく人をくらべれば、当然可能性は百倍違うでしょ」

「そういうものなの?」

「みたいよ。たくさん物を持っていった人の方が選ばれやすい、っていう傾向があるらしいの。じゃあ頼んだよ!」

亜美が出勤するのを見送ってから、朔は重い荷物を抱えてW小学校へ向かった。たとえPTAの仕事であっても、保護者が学校に自転車を停《と》めることは許されていないため、朔は荷物を抱えて片道二十五分の道のりを歩かなければならない。三十六歳になり、以前より疲れやすくなった身体にとって、この道程はあまりにきつい。

到着するころには、肩が悲鳴を上げそうになっていた。校舎に入り、朔と同様、たくさんの荷物を抱えている母親たちと列をなしてPTA室へ向かった。

PTA室は、大量の荷物であふれていた。荷物はこの部屋に置き、隣の特別活動室で広報委員会の会議を開くことになっているようだ。

朔が、壁に立てかけられていたゴルフクラブのケースに目を奪われていると、「亜美の旦那さんですよね？」と声をかけられた。

小柄な女性が人懐こい笑みを向けていた。

「結城《ゆうき》といいます。亜美とは、小学校からの友達なんです」

結城はゴルフクラブの隣に立った。「ちなみにこれ、私が持ってきたんです。プロゴルファーって、年を取ってからも続けられるでしょ。いい仕事だと思いません？」

「なるほど……」

その小さい身体でよく持ってこられたな、と半ば呆れるような思いでつぶやいた。

「柏木さん、お子さんはまだ一年生ですよね？　一年目から委員に選ばれるなんてラッキーですね。私なんて、五年目でようやく抽選に通ったんですよ」

と言ってから、結城は顔を引き締めた。「委員になっただけじゃ意味ないですけどね」

特別活動室には、たくさんの委員が集まっていた。みな、顔をほころばせていて、委員に選ばれた喜びであふれているように見えた。メンバーは女性ばかりで、男性は朔のほかには一人しかいない。

会議が始まった。

広報誌は季刊で、全員がどれかひとつの号を担当することになっているらしく、朔は結城とともに秋号の作成班に入った。

会議が終わってPTA室に戻ると、みな荷物の中身を確認し始めた。亜美が作ったリストを取り出し、リュックと手提げ鞄の中身がすべてそろっていることを確認した直後、「ない！」という声が響いた。

「マイクがなくなってます」

財津《ざいつ》という、四十代半ばと思われる上品そうな女性が、頬を上気させていた。朔と同様、秋号作成班のメンバーだ。

「家にあるカラオケセットのマイクです。娘はアイドルになるのが夢なんです」

今にも涙を流しそうな財津に、みんなで拍手を送った。

「おめでとうございます!」

「将来は『紅白《こうはく》』ですね!」

「今のうちに娘さんからサインもらっておこうかしら」

鳴りやまない拍手の中心で、財津は何度もお礼を言いながら頭を下げていた。

会議の最中、PTA室の鍵は閉めていた。窓の鍵がどうなっていたかまでは知らないが、仮に開いていたとしても、ここは二階なので外からの侵入も難しい。そもそも、マイクだけを盗む泥棒なんているはずがない。

亜美にいくら説明されても、朔は信じ切れずにいた。この学校の関係者はみな頭がおかしいのではないかと疑っていた。

だが、W小に妖精がいるというのは、どうやら嘘ではなさそうだった。

帰り道を歩いていると、「柏木さん!」という声とともに、小太りの男性が身体を揺らして追いかけてきた。

「帰り、ご一緒してもよろしいですか」

「ええと……葛西《かさい》さん、でしたか」

朔以外の唯一の男性委員が、この葛西だった。汗っかきなのか、さほど暑くもないのに額に汗がにじんでいた。

「ええ。秋号、よろしくお願いします」

葛西は人の好《よ》さそうな顔をゆるませた。葛西も、秋号の作成班になったのだ。

「お互いすごい荷物の量ですね」

と葛西は言うが、彼の荷物は朔以上に多かった。リュックも鞄も、朔のそれより一回り大きい。

「妻に持たされてるんです」

朔が答えると、なぜか葛西はうれしそうに口を開いた。

「僕も、男の方がたくさん荷物持てるだろう、って妻に言われて、PTAの仕事を押しつけられたんです。柏木さんのところも一緒ですか？」

「いえ、僕はフリーでウェブデザインの仕事をしているので、僕の方が融通が利くんです。妻は会社員で、なかなか有休も取れないので」

「そうだったんですか。すみません、勝手に尻に敷かれている仲間だと思ってしまって」

葛西が真剣な顔で謝るので、朔は笑いそうになった。

「僕は義父が経営する会社で働かせてもらってるので、立場が弱いんです。結婚のときも僕の方が名字を変えさせられたくらいですから」

「だとしても、葛西さんの荷物、あまりに多すぎませんか？　奥さんに抗議してもバチは当たらないと思いますよ？」

「いや、これは自分で用意したんです。息子のためですから、これくらいは頑張らないと」

流れる汗を拭《ぬぐ》おうともせず、葛西は笑みを見せた。

「それにしても、妖精って、本当にいるみたいですね」

朔が言うと、葛西がうなずいた。

「柏木さんは、外から引っ越されてきた方ですか？」

「妻がW小の出身なんです。去年までは東京で暮らしてたんですけど、妻がどうしても娘をW小に通わせたいというので引っ越してきました」

それは、半年前のことだった。

亜美に、会社を辞めてフリーランスで活動したいと考えていることを打ち明けた。社内での人間関係の軋轢《あつれき》に疲れ切っていたし、いずれは独立したいという野心も前からあった。

「フリーで働くってことは、家はどこでもいいんだよね」

「引っ越したいのか？　正直、ある程度都心には出やすいところの方がいいな。それに、亜美の職場だって東京じゃないか」

「私の地元なら大丈夫？」

「それなら別にいいけど」

東京の隣の県だから、少し時間をかければ都心に行ける。それに、亜美が育ったのは朔の地元に隣接する市だから、朔にとっても土地鑑のある場所だった。

「地元に帰りたいと思ってるなんて知らなかった」

「というより、結月《ゆづき》をW小に通わせたいの」

亜美は、娘が寝ている寝室に目を向けた。「ずっと言えなかったけどね」

「言えなかった？」

「朔は私の話を信じてくれないと思ったから」

「はあ？」

「今から私がする話を信じて、W小の学区に引っ越してくれるなら、会社辞めてもいいよ」

と言って、亜美はW小に潜む妖精の話を始めた。

W小にはいたずら好きの妖精がいて、人目を盗んで学校に忍び込み、誰かの私物を持ち去っていく。持ち主があわてふためくさまを、こっそり観察して楽しんでいるらしい。

妖精は、翌日、持ち去ったものを返してくれる。だが、それまでの間に、持ち去ったものには妖精の手によって不思議な力が宿される。そのものを使う人間の才能を引き出し、幸運を呼び込む力が授けられるのだ。

この現象や、妖精の力が宿ったものを、W小の人たちは「ギフト」と呼んでいる。

たとえば、過去にシャープペンシルを持ち去られた児童がいた。それ以来、そのシャーペンで勉強すると、あっという間に成績が伸びた。さらに、大人になってからはそのシャーペンで小説を書き出し、今では小説家になっているという。

亜美が口にした小説家の名をネット検索すると、たしかにW小の出身だった。今どきめずらしくパソコンを使わず、シャーペンで執筆しているらしい。

「だからW小の保護者は、子どもたちにシャーペンを使わせてる。鉛筆だとあっという間に使い終わっちゃうけど、シャーペンは壊れない限り一生使えるから」

と、亜美は説明した。

ほかにも、鍵をかけていたはずの更衣室のロッカーから財布を持ち去られた教員がいた。後日、財布に入れていた宝くじが大当たりし、その教員は定年を待たずに退職した。W小に異動したい、と願っている教職員はたくさんいるらしい。

「こういう例が、あの学校には山のようにあるの。私の友達は体操着がなくなったんだけど、それ以来運動能力がどんどん伸びていって、陸上の全国大会にも出場した。ただ、成長してその体操着が着られなくなってからは、記録が伸び悩んじゃったけどね」

そして、亜美は寝室に顔を向けた。

「結月の可能性を広げるためにも、W小に行かせてあげたいの」

朔は亜美の望みを受け入れたものの、彼女の話を信じたわけではなかった。妖精の存在なんて、都市伝説としか思えなかった。

だが、それにしてはあまりにも様子がおかしいことがいくつかあった。

たとえば、W小の学区だけ、周囲とくらべてやたらと地価や家賃が高かった。亜美が言うには、W小の噂を聞いた人たちが子どもを通わせるために引っ越してきているらしい。

また、入学直後に行われた、PTAの委員決めも異様だった。朔を含め、ほとんどの保護者が委員に立候補したのだ。

昔、妖精が持ち去ってくれるのを期待して子どもにたくさんの荷物を持たせる親がいたため、学校側は、授業に関係のないものは持ってこないようにときつく指導するようになった。だが、保護者が学校へ行く際は、荷物の制限はない。PTAの委員になれば、学校を訪れる機会が増え、その分ギフトに選ばれるチャンスも多くなる。実際、委員が持参した品を妖精が持ち去るケースが少なくないらしい。

そのため、W小では毎年、ギフトを得る機会を増やすことを目論《もくろ》んで、ほとんどの家庭がPTAの委員に立候補しているそうだ。

委員のなり手がいなくて苦労する学校が多い中、放っておいても立候補者が殺到するこの状況は、W小にとっても好都合だった。だから、PTAの委員が大量の荷物を持って来校するのを、学校側は黙認しているらしい。さすがに教職員は、業務に関係ない私物を持ってこないよう、校長から厳しく言われているようだった。

例年と同様、立候補者多数のために抽選で委員を決めることになり、その結果、朔は広報委員に選ばれたのだ。

「なるほど、そういう経緯でしたか」

葛西が得心した様子でうなずいた。

前方に朔のマンションが見えてきた。葛西に別れの挨拶をすると、彼は目を丸くした。

「僕もここですよ？　204号室です」

「ほんとですか？」

朔の家は103号室だった。

階段の前で、葛西と別れた。

実のところ、朔と亜美との間にはかなりの温度差がある。朔はギフトのために頑張ることにあまり乗り気ではなかった。今朝、たくさんの荷物を抱える母親たちを見て、みんなここまでするのか、と気後れしたほどだった。

それでも、近所に住む保護者と仲よくなるきっかけができただけでも、ＰＴＡの仕事を引き受けた甲斐があった、と朔は満足した。


秋号の作成時期まで仕事はほとんどないかと思っていたが、企画会議や校正作業は多くの人の手を借りたいので都合のつく人は参加してほしい、とのことだった。朔は亜美に頼まれ、どんなに仕事が忙しくても集まりには顔を出すことになった。行ってみると、いつもほぼ全員がそろっていた。

「財津さんのお子さん、音楽の時間に活躍されているみたいですね」

特別活動室で夏号の校正作業を行っている最中、結城が財津に話しかけた。

もっとも、参加者が多かったため、とっくに作業は終わっている。要するに、人をたくさん集めたのは、ギフトを求める委員たちに、学校に来る口実を与えるためだったようだ。作業が済んだのに解散しないのは、長く学校に残って、妖精が訪れる機会を作るためだ。朔も、結城と財津がいる席の向かいで、葛西と雑談に興じていた。

「ありがとうございます。あれから毎日歌の練習をしてるんです」

財津は顔をほころばせた。

「音楽の才能がある、ってカッコいいですよね。私もマイク持ってこようかな」

そこで結城が朔に目を向けた。「そういえば、亜美から聞きましたけど、柏木さんって昔ピアニスト目指してたんですよね」

財津と葛西も、興味深そうに朔を見た。

「ええ、まあ……」

「あれ、でも亜美とは大学で知り合ったんですよね。音大には行かなかったんですか？」

朔も亜美も、大学では経済学部だった。

「高校のときに指を骨折してから、うまく弾けなくなっちゃったんです」

できるだけ暗くならないように心がけたつもりだったが、あまりうまくいかなかったらしい。葛西は顔をこわばらせていたし、話を振った結城もバツの悪そうな顔をしていた。

「財津さんがうらやましいなあ」

結城は強引に話を変えた。「ギフトを使う、ってどんな感じなんだろう。一度でいいから使ってみたい」

ＰＴＡでは、ギフトの貸し借りはしない、というルールが定められていた。以前、ギフトを借りた保護者が持ち主に返さず、大きなトラブルに発展したことがあったらしい。

「これからがチャンスですよ。まもなく秋号が動き出しますから」

財津が結城を元気づけるように言った。

来週から秋号の作成が始まる。学校に来る機会も、これから多くなるはずだ。

「そういえばみなさん、昨日のおたよりご覧になりました？」

財津が言った。

学校から「子どもにはティッシュペーパーを持たせてください」というプリントが届いた。ギフトになるメリットがない物は極力持たせたくないという理由で、子どもにティッシュをわたさず、洟《はな》をかみたいときは学校のトイレットペーパーを使わせていた親がいたのだ。

「さすがにやりすぎだと思いませんか？　みんなのものを私物化してはいけませんよ。どうしてもギフトにされたくないなら、ずっと机の上に出しておけばいいのに……柏木さん、どうされました？」

眉間を押さえる朔に、財津が怪訝そうに尋ねた。

「妻が、それやってたみたいなんです」

昨夜、おたよりを見た亜美が舌打ちするのを、朔は聞き逃さなかった。

「それだけじゃないんです。妻は、スマホを娘のランドセルに忍ばせていたんです」

スマホに力が宿れば、調べたことは何でも覚えられるし、動画を撮って人気ユーチューバーを目指すこともできる。電話やメールを使えば、人間関係も円滑に進むかもしれない。アプリを駆使すればさらにいろんな使い道がある。スマホは無限の可能性を秘めている、と亜美は力説していた。最近では、いっそスマホだけを大量に持っていった方がいいのかもしれない、とまで言い出すようになった。

みなさんどう思いますか、と問いかけようとしたとき、葛西がおそるおそる手を挙げた。

「実はそれ、僕もやってるんです」

さらに結城も「私もやってますよ」と当然のような顔で続けたので、朔はもう何も言えなくなってしまった。

「でも、さすがにティッシュくらいは持たせますよ。亜美は、そうとうギフトに入れ込んでるみたいですね……まあ、ゴルフクラブ持ち込んでる私も普通じゃないか」

「毎回ゴルフクラブ持ってくるの大変じゃないですか？　せめてゴルフウェアにしたらどうですか？」

　葛西が言った。

「平気です。私の家、学校のすぐ近くなので。それに、服よりもクラブの方が何となく効果がある気がしません？　あ、でも、服だったらゴルフ以外でも効果あるのかな？　ゴルフウェアでデートすれば相手の心を必ずつかめる！　とか」

「ゴルフウェアでデートするんですか？　逆効果としか思えないですけど」

　朔は思わず噴き出した。

「ですよね。やっぱダメか」

　結城が頭を掻いた。

　ギフトの効果は、あくまで本来の用途に沿った使い方をした場合に限られると言われている。ゴルフウェアではゴルフがうまくなる以外の効果はおそらくないだろう。

「でも、ギフトの使い方って、アイディア次第で可能性が広がりそうですね。私もせっかくですから、歌う以外のマイクの使い道を考えたんです」

　財津が言った。「達成したい目標を宣言してみたんです。娘は、次のテストで百点を取る、夫は出世する、私は年末までに五キロ痩せる、って、マイクで宣言しました」

　それは果たして効果があるのだろうか。カラオケセットのマイクだから、歌以外には意味をなさない気もするが……。

「実際にティッシュがギフトになったら、どんないいことがあるんでしょうね？」

結城が首をかしげた。「一度洟をかんだら二度と鼻水が出てこない、とか？　私、花粉症だから助かるなあ」

「時計がギフトになったらどうなるのかも気になりませんか？」

葛西が言った。

「たしかに。時を自在に操れたらすごいですよね」

朔が答えた。「あと消しゴムも謎ですよね。テストで間違えた答えを消したら、二度と同じ誤答はしない、とかですか？」

「忘れたい過去の記憶を紙に書いてその消しゴムで消す、なんてどうでしょう」

財津の意見に、全員が「なるほど」と感心した。

「すみません、そろそろお時間です」

広報委員長が大きな声で言った。このあと、授業でこの部屋が使われるらしい。

ＰＴＡ室に戻り、それぞれ荷物を確認したが、なくなったと声を上げる者はいなかった。ため息が部屋のあちこちから漏れた。

葛西と一緒に帰り、マンションの前で別れた。荷物を抱えて階段を上る葛西を、朔は見上げた。ギフトに振り回される日々に、まだ慣れることができない。大の大人が汗をかいて大量の荷物を校内に運び、会議後に目の色を変えて荷物を点検する姿に、朔は浅ましさを覚えずにはいられなかった。

結月が布団に入り、リビングで亜美と二人きりになった。

亜美の誕生日が迫っていた。誕生日は、いつも亜美がリクエストするものをプレゼントすることになっている。今年は何がほしいか訊こうとした矢先、亜美は一枚のチラシを見せてきた。

「結月をここに通わせようと思うの」

近所にできた子ども向けプログラミング教室のチラシだった。

「おいおい、結月はまだ一年生だぞ？」

「でもこの教室、一年生も入れるみたい」

「だからって……それに、二つも習い事させるのは、負担が大きすぎないか？」

すでに結月は英会話教室に通っていた。

「プログラミングは授業にも取り入れられるようになったし、将来はＩＴ関係の人材だって今以上に必要になるんじゃない？　早くから使いこなせた方が有利でしょう」

「そんなのはもっと大きくなってからでも間に合うよ。俺だって就職するまでパソコンの知識はそんなになかったんだから、焦ることはない」

「でも、早いうちから結月の可能性を広げておくのはいいことだと思うの」

そこで亜美は急に目を吊《つ》り上げた。「何よ、その顔」

可能性、という言葉を聞くたびに、朔は内心うんざりしていた。ふだんはその思いが顔に出ないように努めていたが、今回はどうやら失敗したらしい。

「将来のことばかりじゃなくて、今の結月のことも考えてやれよ。習い事ばかりじゃなくて、友達とたくさん遊んだり、一人で本を読んだりする時間も作ってあげよう。そういうのだって、将来の糧《かて》になるんじゃないか？」

「これからはそれだけじゃ足りない。結月が大人になるころには、豊かな生活ができるのはほんの一握りの人だけになっているかもしれない。いろんな知識や技術を身につけて、将来の備えをしてあげるのが親の役目ってものでしょ」

「結月は英会話に行くとき、いつもつらそうな顔してるんだ。まだ教室に馴染めていないんだよ。習い事を増やして、結月が心を病んでしまったらどうする」

亜美は悔しそうに口を閉ざし、古紙をまとめたカラーボックスの中にチラシを入れた。納得してくれたのかと思ったが、彼女は恨みがましい視線を朔に向けてきた。

「自分の方が結月のこと考えてる、みたいな顔しないでくれる？」

「えっ？」

「本当は、習い事をたくさんやってる結月を見ると、自分の子どものころを思い出すから嫌なんでしょ？」

「何言ってるんだよ」

「ギフトに乗り気じゃないのもちゃんと知ってるんだよ」

亜美の顔つきがいっそう険しくなった。「必死になってる私を見てバカみたいだと思ってるのよね。でも、私はそれだけ真剣に結月のことを考えてるの」

「バカみたいだなんて思ってないよ。ただ俺は、特別な才能に恵まれなくても、結月が毎日楽しく生きてくれるのが一番だと思ってるだけだ」

「恵まれた方がいいに決まってるでしょう。あなた、才能を授かってもどうせ自分みたいに途中で挫折する、って決めつけてるんじゃない？」

彼女の指摘に、朔は言い返すことができなかった。

「あなたが過去に囚《とら》われるのは勝手だけど、結月の足を引っ張るのはやめてくれる?」

「別にそんなつもりじゃ……」

「あなたは結月の幸せを邪魔してるのよ。父親失格じゃない?」

亜美は朔を指さした。

頭に血が上った。

「何だと!」

「大きい声出さないで。結月が起きるでしょ」

朔は怒鳴りつけたくなるのをこらえ、舌打ちしてからリビングを出て、そのまま風呂に入った。

湯船に浸《つ》かっても、冷静さを取り戻すことはできなかった。亜美のせいで、過去の苦い記憶がよみがえってきてしまった。

朔が母の勧めでピアノ教室に通い始めたのは、小学四年生のときだった。

与えられた課題を、朔は次々とクリアしていった。三カ月が経ったころ、講師は母に、「朔君には才能があります。将来はピアニストになれるかもしれません」と言った。

それ以来、週二回だったレッスンが、どんどん増えていった。教わる講師も、レベルの高い指導をする人に代わっていった。進学後は部活に入らず、毎日授業が終わるとすぐにレッスンを受けにいった。

将来は音大に入り、プロのピアニストを目指すつもりだった。

計画が狂い始めたのは、高校二年の夏だった。

風呂から出た朔は、タンスの一番上にあったシャツを見つめた。二年のときに作った、サッカーのユニフォーム風のクラスTシャツだ。背番号は「朔」にちなんで「39」、「KASIWAGI」と名前も入っている。

昨年、実家に帰ったときに見つけて、今は部屋着として使っている。球技大会に合わせて作ったTシャツだったが、大会当日、朔がこのシャツに袖を通すことはなかった。

球技大会の数日前、サッカーの選手として大会に出場する予定だった朔は、市のグラウンドでクラスメイトたちと練習をした。

その中に、丸田《まるた》という生徒がいた。素行が悪く、学校をサボって街で悪さを繰り返すような生徒だった。

練習試合の最中、朔の伸ばした手が丸田の目に入った。怒りで我を忘れた丸田は、クラスメイトに羽交い締めにされるまで、朔を殴り倒し、何度も手を踏みつけた。途中、激痛とともに嫌な音がした。病院に行くと、中指が折れていた。球技大会はもちろん参加できず、レッスンもしばらく休むことになった。

骨折が癒えてからレッスンを再開したが、それまでの調子を取り戻すことはできなかった。治療中のブランクが大きかったのに加え、指を思い切り動かそうとすると骨折した瞬間のことを思い出してしまい、指の動きが縮こまり、演奏がぎこちなくなった。三年生になってからも状態は変わらず、朔は音大への進学を諦めた。

それ以来、ピアノには触れていない。亜美からは、一度でいいから朔のピアノを聴きたいと何度も頼まれたが、朔は決して首を縦に振らなかった。

いまだにピアノを見るのも嫌だった。結月が入学するときに買ったピアニカを見ただけでも嫌な気持ちになったくらいだ。

部活や友達づきあいを犠牲にしてまで努力したにもかかわらず、ピアニストどころか音大にすら進めなかったという事実は、朔を打ちのめした。余計な才能がなければ、こんなに惨めな思いをせずに済んだのに、と自分を呪った。

亜美と言い合いになったときのことを思い出す。

亜美の、ギフトへののめりこみ方は度を越えていると思う。だけど、亜美の指摘を否定することもできない。挫折の痛みが強烈だったせいで、才能を得ることに否定的になりすぎているのかもしれない。

亜美の言うとおり、朔は結月の幸福を邪魔しているのかもしれない。

仕事に集中していたせいで、家を出るのが遅れた。

外は驚くほど風が強かった。アパートの二階に干してあった洗濯物が強風に飛ばされ、一階のベランダに落ちていった。

PTA室には、秋号作成班のうち、結城、財津、葛西の三人が顔をそろえていた。朔はすぐに遅刻を詫《わ》びた。

PTA室は普通教室の半分ほどの大きさだった。中央に「ロ」の字形に長机が並び、机と窓の間にはパーティションがある。窓際には長机が設置されていて、そこが荷物置き場になっている。中央の机に座る人たちからは、パーティションに遮られていて荷物が見えない。妖精が物を持ち去りやすくするための配置だった。

長机にリュックを置き、ノートパソコンを取り出して三人のところへ向かった。

秋号では、学校に関わる地域の人に話を聞こう、という企画が決まり、朔は結城と二人で交通指導員にインタビューすることになっていた。朔は結城とともに質問内容を考え、決まったことをパソコンに打ち込んでいった。

途中で結城のスマホが鳴った。

「あ、ごめんなさい」

結城はスマホを耳に当てて部屋を出ていった。この時間を利用して、朔はインターネットを開いた。

「お仕事ですか？」

近くの席にいた財津が、ディスプレイを覗き込んで言った。

「メールチェックをしようと思いまして」

「働きながらＰＴＡの仕事もするのは大変ですね」

「ちょっと今仕事が押してるんです。この調子だと、今日は徹夜ですね」

「そんなにお忙しいんですか！」

「ええ。徹夜しても終わらないかもしれません。明日も丸一日働くことになりそうです」

朔は文章を打ち込みながら言った。

「葛西さんは、ＰＴＡのたびに仕事を休んでると、会社から何か言われませんか？」

財津は、今度は葛西に尋ねた。

「いえ、義父もギフトを期待してますから、むしろどんどん休めって言われてます」

葛西は苦笑いで答えた。「それに、僕は土日働く代わりに、月火が休みなんです。だから今日から連休でして」

朔は二人の会話に耳を傾けながらタッチパッドでカーソルを動かした。

「柏木さん、マウスは使わないんですか？」

葛西が訊いてきた。

「持ってはきたんですけど、このとおりなので」

席の右側には、参考のために用意した過去の広報誌や、結城のメモ用紙が広がっていて、マウスを使うスペースがなかったのだ。

「鞄に入れっぱなしにしてると、妖精が持っていっちゃうかもしれませんよ」

葛西が言った。

「そういえば、今日はあまり荷物をお持ちじゃないですね？」

財津が訊いてきた。

「……ちょっと面倒だったので」

今日は亜美の用意した荷物は持たず、小さめのリュックに、打ち合わせで使うものだけを入れて家を出た。

プログラミング教室のことで言い合いになってから二日が経っていたが、まだわだかまりは解けていなかった。亜美は必要最小限の会話しかしようとしないし、朔も妻の機嫌を取る気にはなれない。誕生日プレゼントのことも、いまだに相談できていなかった。

「すいません、お待たせしました」

結城が戻ってきたので、打ち合わせを再開させた。

それから三十分ほどで打ち合わせは終わった。朔はトイレを済ませ、すぐに帰り支度を始めた。

パソコンをリュックにしまおうとしたときだった。

「ない」

「どうしました？」

葛西が言った。

「リュックが空なんです。マウスを入れていたはずなんですけど……」

三人の顔色ががらりと変わった。

「柏木さん、おめでとうございます！」

財津が目を輝かせ、小さく拍手した。

「本当に持っていくとは……」

葛西は驚愕《きょうがく》の面持ちで空っぽのリュックを凝視していた。

「いいなあ、柏木さん。たくさん荷物持ってきた私がバカみたい」

結城は羨望と嫉妬がない交ぜになった視線を柏木に向けてきた。

興奮する三人に見送られ、朔は信じられない思いで帰り道を歩いた。

まさか、妖精が自分のところに訪れるとは……。

亜美に報告するためにスマホを取り出そうとして、思いとどまった。いつもの荷物を持っていかなかったことがわかったら、亜美はまた怒るに違いない。仲がますますこじれるのが怖くて、朔は連絡できなかった。

いや、持ち去られたのがマウスなら喜んでくれるかもしれない。

亜美は、スマホには無限の可能性がある、と言っていたが、マウスもかなり汎用性が高いのではないだろうか。インターネットで調べ物をして知識を身につけることができるし、専用のソフトを買ってイラストを描くこともできる。囲碁や将棋のソフトで対局を繰り返せば、プロ棋士にだってなれるかもしれない。いや、結月にだけ使わせるのはもったいない。妖精の力を宿したマウスで仕事をすれば、もっといい成果を出して、依頼がどんどん舞い込んでくるのではないか。

いつの間にかマウスの使い道を考えるのに夢中になっていることに気づき、思わず苦笑いが漏れた。結局自分も、いざギフトが手に入ることが決まったら、いろんな期待を抱いてしまうらしい。

朔はスマホをしまった。彼女の顔色を窺いながら慎重に話を切り出すことにした。

これで明日、また学校へ行かなければいけなくなった。

リュックのような、入れ物の中に入っていたものを持ち去った場合、妖精はその入れ物の中に返すことになっている。明日、学校にリュックを持っていけば、校内のどこにいようが、妖精は必ず見つけ出すことができるらしい。

ただ、もしリュックが校内になければ、妖精はリュックのあった場所、つまりPTA室の奥に戻すことになっている。朔が明日学校に行かなければ、マウスが急に現れたことを不思議に思ったPTAの委員が、妖精からのギフトだと勘づいて持っていってしまうかもしれない。

財津に訊くと、マイクがなくなった翌日は、マイクを入れていた鞄を持って学校へ行き、PTA室で仕事をするふりをしながら、ギフトが手に入るのを待っていたそうだ。朔もそれに倣《なら》うことにした。

家に帰り、結月の面倒を見る合間に仕事をしながら亜美の帰りを待った。

だが、亜美は終電で帰ってくるとすぐシャワーを浴びて布団に入ったため、ギフトのことを告げられなかった。


夜中もぶっ続けで働き、六時から二時間だけ仮眠を取った。目が覚めると、亜美も結月も家にいなかった。

朝食を食べず、急いで家を出て、雨の中を歩いて学校へ向かった。

妖精が活動するのは、授業がある時間内に限られているそうなので、その間にマウスを返してくれるはずだ。今日もPTAはどこかの委員会が活動しているだろうだから、事情を話して部屋にいさせてもらうつもりだった。持参したパソコンで仕事をして、ギフトが手に入り次第すぐ帰宅しようと考えていた。

「あ、柏木さん！」

PTA室に続く廊下を歩いていると、図書室から結城が顔を出した。

結城は、今年度から図書ボランティアを務めているらしい。毎週火曜日の朝、一年生に本の読み聞かせをしている、と以前言っていた。

「ギフトを受け取りにきたんですね？」

「はい」

「でも、今はPTA室に入らない方がいいですよ」

ＰＴＡ室からは「どうしてわかってくれないんですか！」という女性のヒステリックな声が聞こえてきた。

「事情はわからないんですけど、さっきからずっとあの調子なんです」

「たしかに入りにくいなあ……」

「図書準備室に来ませんか？　今日は私一人だから、マウスが戻ってくるまでずっと待ってても大丈夫ですよ」

結城に連れられて、図書室の隣にある小さな部屋に案内された。

ＰＴＡ室をさらに一回り小さくした部屋だった。壁際に事務机と棚が一台ずつ、反対側の壁には図書関係の資料が並んだ本棚があり、中央に四人掛けのテーブルが置かれていた。

窓際に、キャスターのついたスチール製の小さな本棚があり、結城はその背後を指さした。

「リュックはここに置いてください」

そこにはすでに、結城の荷物がたくさん置かれていた。たしかにここなら、中央のテーブルからは死角になっているので妖精も活動しやすいだろう。

朔はリュックを置き、パソコンを持ってテーブルに座った。

「図書ボランティアって、読み聞かせのほかにも仕事があるんですか？」

「ええ。図書室の掲示を作ったり、先生と一緒に購入する本を選定したりしてます」

「こっちの仕事で学校に来られるのなら、わざわざＰＴＡの活動なんてしなくてもいいんじゃないですか？」

「昔のボランティアの人が、毎日入り浸っていたのが問題になって、今は火曜日しか来ちゃいけないことになってるんです」

結城は不満そうに言った。「ところで、亜美はマウスがなくなって喜んでました?」

「実はまだ話してないんです」

「え? どうして? てっきりすぐ電話したんだと思ってました」

「昨日、亜美が用意した荷物を持ってこなかったので、言いづらくて……」

「結月ちゃん用の荷物も持ってきたけど、たまたま柏木さんのマウスが選ばれた、ってことにしたらどうですか?」

「でも、わざわざ嘘をつくのも後ろめたいというか……」

「柏木さん、亜美のこと怖がりすぎじゃないですか?」

結城は呆れた様子で言った。「マウスなら、結月ちゃんも使えるから別にいいじゃないですか。それに、子どものためだけじゃなくて、自分の私物も持ち込んでる人、けっこういますよ。私も、自分の空の財布をいくつか持ってきてるし、あ、それにね……」

ここだけの話ですよ、と結城が声をひそめた。

「葛西さん、アニメキャラがプリントされたパーカーを持ち込んでたんです」

結城が口にしたのは、朔も聞いたことのある、美少女がたくさん登場することで有名なアニメだった。

「葛西さん、アニメ好きなのを秘密にしてるみたいで、『僕がアニメオタクだってこと、誰にも言わないでくださいね』って頼まれちゃいました」

「言ってるじゃないですか」

朔が指摘したが、結城は悪びれる様子もなく、「そんなもの持ち込んで、何かいいことありますかね？」と首をかしげた。

「何でしょうね。キャラが具現化して目の前に現れる、とか？」

思いつくまま言ってみたが、さすがにそれはないだろう。現実にありえないことを引き起こす力までは備わっていない、と聞いている。

まあ、妖精の存在自体、本来ありえないことなのだが……。

「ともかく、みんな自分の得になるようなものも持ち込んでるんですから、気にすることないですよ。それに、妖精が来るのは一回と決まってるわけじゃないんだし」

「たしかに、財津さんもギフトが手に入ったのに荷物持ってきてますしね」

「財津さんも必死だから」

「必死？」

「旦那さんの会社、どうなるかわかりませんしね」

「そうなんですか？」

「あれ、知りませんでした？」

結城が口にした会社は、今年の初めに過去の粉飾決算が発覚し、今もときおりニュースで取り上げられていた。結城によると、財津の夫は上層部から不祥事の責任を押しつけられそうになっているらしい。

「旦那さんが失職しても大丈夫なように、お子さんをアイドルにして稼ごうとしてるのかも」

「本当ですか？」

「財津さんのお子さん、本当はそんなにアイドルになりたいわけじゃないらしいですよ。お母さんに勧められて困ってる、って言ってたみたい」

いつも上品で、物腰柔らかな財津が、自分の娘をそんな風に使うなんて想像できないが……。

そこで朔ははっとした。ギフトが届くのを待つ間、仕事をするつもりだったのだ。いつまでも結城と話している場合ではない。

「そうそう、聞きました？　役員会の最中に、副会長が持ってきたタバコがなくなったらしいですよ」

「そうなんですか？」

「うっかり入れっぱなしにしてたんですって。迂闊《うかつ》ですよねぇ」

「そうですね、あの、僕、ここで仕事させてもらっても……」

「タバコがギフトになっても、何もいいことなさそう。むしろ、タバコがおいしくなって、ますますニコチン依存症になりそうですよね。副会長さん、タバコやめたがってたのに」

「あの、結城さん……」

結城のおしゃべりはその後も続き、朔はなかなかパソコンを開くことができなかった。


コンビニで買ってきたおにぎりを昼に食べた。午後、授業が終わった結月を図書準備室に呼び、午後四時まで学校に滞在した。

だが、マウスは朔の元には戻ってこなかった。

夜、朔は自室にこもった。溜まっている仕事に手をつけなければいけないのだが、今の朔にそんな余裕はなかった。

マウスが戻ってこなかったということは、持っていったのは妖精ではないのではないか。

結城、財津、葛西。昨日、朔とともにPTA室にいたこの三人の中の誰かが、マウスを盗んだか、もしくは隠したのではないだろうか。

マウスをこっそり持ち去るのはさほど難しくない。リュックはパーティションの裏側にある長机に置いていたから、朔のリュックに手を伸ばす者がいても気づくことはない。

一人でパーティションの裏へ向かった人がいないか思い出そうとしたが、すぐに意味がないことに気づいた。朔は帰宅前にトイレに立っているから、その間の三人の行動は確認しようがない。三人とも、犯行は可能だったのだ。

朔は自室の窓からベランダに出た。夜風に当たり、さらに考えを巡らせた。

いったい誰が犯人なのだろうか。

それ以前に、なぜマウスなんかを持ち去ったのか？

二千円で買った、どこにでもある普通のマウスだ。盗んでまで手に入れる価値なんてない。であれば、妖精と同様、ただのいたずらなのだろうか。朔が驚くさまを見て、ひそかにあざ笑っていたのか。

結城、財津、葛西。この中に、ゆがんだ素顔を隠し持った人が交じっている。彼らと今後も活動をともにしなければいけないと思うと、胃の中がずっしりと重くなってきた。

それからの数日間、朔は仕事に身が入らなかった。マウスのことを思い出すたびに集中は途切れ、その分労働時間が延びて満足に寝られず、睡眠不足のせいでさらに仕事の効率が落ちる、という悪循環に陥った。

だが、そのうちに、朔はこれまでの考えに大きな穴があることに気がついた。

マウスを盗《と》る機会があったのは、PTA室にいた間だけではないのだ。

マウスは実際に妖精が持っていき、翌日、朔が図書準備室に待機している間にリュックの中に戻した。そのあとに、誰かがリュックからマウスを持ち去った可能性もある。

朔がトイレで席を外している間にリュックを探り、マウスを奪った者がいるのだ。

それができたのは当然、朔と一緒に図書準備室にいた結城ということになる。

これだ、と手を叩いた。これなら、マウスを盗む理由がはっきりする。

朔のもとに妖精が現れたことを、結城は羨んでいた。その気持ちが高じて、ギフトを自分のものにしようとしたに違いない。

明日、広報委員の仕事で学校に行くことになっている。どうやって彼女を問いただすべきか、朔は考えを巡らせた。


翌日、朔がPTA室に入ると、財津が近づいてきた。

「これ、柏木さんのですか?」

財津が手にしていた白いマウスは、行方不明になっていたのと同じ機種だった。かなり年季の入ったマウスで、本体の一部が変色している。それを見て、このマウスは自分のもので間違いない、と確信できた。

「どこにあったんですか？」

「向こうの荷物置き場です」

財津は部屋の奥を指さした。パーティションの手前では、結城と葛西が困惑した様子で立っていた。

「結城さんから事情は聞きました。マウス、翌日に戻ってこなかったんですって？」

財津が訊いてきた。

「そうなんです。妖精は、リュックの中じゃなくて、リュックがあった場所に戻したんでしょうか」

「でも、私のときは、ちゃんと鞄の中に返してくれました」

結城が言った。

「マウス、試しに使ってみたらどうですか？」

朔は、持参したノートパソコンにマウスをつなぎ、インターネットで麻雀《マージャン》をプレイした。昔から麻雀が苦手で、学生時代は友人からいつもカモにされていたのだ。

何度かやってみたが、成績は冴《さ》えず、あっという間に点数が減っていった。

「センスのかけらもないですね」

結城がひどいことを言った。「ギフトじゃないですね。いったいどういうことなんでしょう……」

困惑をあらわにする結城を正視できなかった。ついさっきまで、結城を泥棒扱いしていたのが後ろめたかったのだ。

……いや、まだ結城が無実だと決まったわけではない。

最初に考えていたとおり、このマウスはPTA室で盗まれたことになる。三人の中の誰かが、今朝、自分が盗ったマウスをこっそり荷物置き場に置いたのだ。

「それはそうと、柏木さん、インタビューの準備、そろそろされた方がいいんじゃないですか?」

葛西に指摘され、朔はいったんマウスのことを忘れるように努めた。これから、PTA室で広報誌のインタビューを行うことになっている。先に、朔と結城が交通指導員に、そのあとに財津と葛西が老人会の代表者に話を聞く予定だ。

インタビューはいずれも滞《とどこお》りなく進んだ。だが、老人会の代表者を見送ってこの日の仕事が終わっても、みなの表情は硬いままだった。おそらく、三人とも、この中の誰かがマウスを盗ったという事実に気づいているのだろう。

三人の様子を盗み見た。結城と財津は小声で会話をし、葛西はインタビューの際に取ったメモを読み返している。

いったい誰がマウスを盗んだのか。

そして、なぜ盗んだのか。というより、今となっては、一度盗ったマウスを返してきた理由の方が謎だ。朔に嫌がらせをしたくてマウスを盗ったとすれば、わざわざ返そうなんて思わないはずだ。

しばらく考え込んだが、納得できる理由が何一つ思いつかない。朔は頭を抱えたくなった。

「財津さん、最近はマイクの新しい使い方、何か考えてますか?」

あまり長いこと黙っていると、犯人捜しをしていることに気づかれるかもしれないと思い、朔は財津に話を振った。

「夫が、あまりよくない使い方をしているんです」

財津は深刻な顔つきになった。「この間、夫がマイクを握って、高橋《たかはし》はクビになれ、って繰り返しているのを聞いてしまったんです」

「高橋？」

「夫の上司です。今会社で問題になってる件で、いろいろ理不尽なことを言われてるらしくて」

この間結城が言っていた、粉飾決算の責任を財津の夫に負わせようとしている人物のことだろうか。

「ちょっと怖いですね……。でも、それって本当に効果あるのかな？」

「もし効果があったら、と思うと怖くなるんです。人の運命を操り放題じゃないですか」

「たしかに……」

「心配いらないとは思うんですけどね。私なんて、ダイエットするって宣言したのに、逆に一キロ増えちゃいましたから」

財津は少しだけ頬をゆるめた。

「えー、ほんとですか？　すごくスリムに見えますけど」

結城の声を、やけに遠くに感じた。財津の言った「操り」という言葉が、朔の頭の中で何度も反響していた。


帰りは、葛西と一緒になった。

夏の日差しが照りつける中、葛西は重い荷物を背負い、汗をかきながら歩いていた。

「どれか持ちますよ」

朔の荷物は、今日もパソコンだけだった。

「お気遣いいただいてすみません。でも、大丈夫ですから」

葛西は笑みを浮かべて断った。「それにしても、どうしてマウスが戻ってきたんでしょうね」

「ええ……」

朔の様子を見た葛西が、顔を寄せてきた。

「何かわかったんですか？」

「もしかして、こういうことなのかな、っていう考えはひとつあるんですけど……」

葛西が目を見開かせた。

「ただの推測ですけどね」

「ぜひ聞かせてください」

朔はしばらくためらっていたが、わかりました、と言って口を開いた。

「状況から考えて、結城さん、財津さん、葛西さんのどなたかがマウスを持っていった、というのはお気づきですよね」

「ええ、まあ」

「誰がやったのか、ということ以上に、どうしてこんなことをしたのかが不思議だったんです。嫌がらせをしたいのなら、わざわざマウスを返す必要はないじゃないですか」

「たしかに」

「でも、さっき財津さんが『操り』という言葉を口にしたときに気がついたんです。三人の中の誰かが、妖精がマウスを持っていったように見せかけることで、僕の行動をコントロールしようとしたんじゃないでしょうか」

「どういうことですか?」

「妖精が自分のものを持ち去ったら、その人が必ず取る行動がありますよね」

葛西は太い首をかしげている。

「ギフトを受け取るために、翌日学校に行くんです」

「ああ……」

「僕を学校に来させたくて、マウスを持ち去ったのかもしれない、と考えました」

「何のためにですか?」

「あの日、僕は一日中、図書準備室で結城さんと一緒だったんです」

「結城さんと?」

葛西の目が丸くなった。「結城さんが、学校で柏木さんと二人きりになるために仕組んだ、ということですか?」

「図書準備室で、結城さんといろいろな話をしたんです。彼女は、僕にだけ伝えたいことがあって、そのためにマウスを持っていったのではないか、と考えました」

「そんなに大事な話をしていたんですか?」

葛西は勢い込んで尋ねてきたが、朔は首を振った。

「いいえ。たわいもない噂話ばかりでした。何度も思い返してみたんですけど、何としてでも伝えたい話が混じっていたとは思えません。そもそも、ふつうは二人きりになるのにこんな方法を取らないですよね? だから、発想を転換させてみたんです」

「と、言いますと？」

「マウスがなくなったので、翌日僕は学校に行きました。それは同時に何を意味するかわかりますか？」

首を振る葛西の目を、朔は見つめた。

「家を留守にしたんですよ」

葛西の目が泳ぐのを見て、朔は自分の考えに自信を持った。

「僕に家を空けてほしいと思った人が、マウスを盗ったんじゃないかと思うんです」

「空き巣、ってことですか？」

「いえ、そうは思いません。貴重品はなくなっていないですから。葛西さんは家の中じゃなくて、ベランダに用があったんじゃないですか？」

出し抜けに葛西の名を口にすると、彼の顔から汗が次々と噴き出してきた。

「マウスがなくなった日は、風が強かったですよね。近くのアパートの二階に干した洗濯物が、風に飛ばされて一階のベランダに落ちていくのを見ました。同じことが、葛西さんの家と僕の家との間で起こったんじゃないでしょうか」

葛西の部屋は２０４号室、朔は１０３号室だ。

「服が飛んだのなら、柏木さんにお願いして取ってもらえばいいだけじゃないですか」

「僕に見られたくない服があったとしたら、どうですか？」

言葉を失う葛西に向かって、朔は頬をゆるめた。「葛西さん、アニメがお好きなんですよね」

「へ？」

「葛西さんの荷物に、アニメキャラがプリントされているパーカーが交じっていた、という話を小耳にはさんだんです」

「結城さん、しゃべっちゃったんですか……」

葛西は肩を落とした。

「どうしてそんなものを学校に持ち込んだんですか？」

「グッズがギフトになったら、アニメの新シリーズが始まってくれるんじゃないかと思いまして」

「ギフトにそんな力がありますかね？」

「わかりませんけど、あの作品は僕の生きがいなんです。何かせずにはいられなかったんです」

「そ、そうですか。それはともかく」

葛西の熱量に戸惑いつつ、朔は話を戻した。「パーカーなのか、あるいはTシャツなのかわかりませんが、ともかくベランダに干していたアニメグッズが風に飛ばされて、僕の家のベランダに落ちた。あなたはアニメが好きなことを隠したかったので、こっそり回収しようとしたけど、ずっと僕が家にいたので取りに行けず、いったん学校へ向かった」

あの日、朔は仕事に熱中しすぎてPTAの集まりに遅刻した。朔が家で仕事をしていた間、葛西は出発時間ぎりぎりまで、ベランダの近くでずっと室内の様子を窺っていたのではないだろうか。

「本当は夜中にでもあらためて取りにきたかったんだと思います。でも、あの日僕は、今夜は徹夜で働くとみなさんに言いました。だからあなたはしかたなくマウスを隠して、翌日僕が学校に行っている間にベランダから服を回収したんじゃないですか？」

マウスがなくなった日、葛西は「今日から連休」と言っていた。翌日、仕事が休みだった葛西には、ベランダに侵入することができたはずだ。

　だが、葛西は首を横に振った。

「違いますよ」

「えっ？」

「いえ、マウスを隠したのは僕です。洗濯物を回収するためにベランダに乗り込んだのも事実です。本当に申し訳ありませんでした。でも、風に飛ばされたのは、アニメの服なんかじゃないんです」

　二人のマンションが近づいてきた。

「ちょっと待っててもらえますか」

　朔の返事を待たず、葛西は階段を駆け上がっていった。呆気《あっけ》に取られたまま待っていると、三分も経たずに葛西は戻ってきた。

「これを柏木さんに見られたくなかったんです」

　葛西から受け取った服は、朔も持っているものだった。高校二年のときに作った、サッカーのユニフォームを模したクラスTシャツ。

　背中のプリントに目をやった。背番号は「11」、名前は「MARUTA」。

「嘘だ……」

　朔は葛西を見つめた。記憶の中にある不良生徒の顔を、目の前にいる小太りの男に重ねてみたが、とても同一人物だとは思えない。そういえば、葛西は結婚する際に妻の名字に改姓したんだったな、と思い出した。

「人って変わるものなんですねえ」

朔は葛西をしげしげと見つめながら言った。

「当時の僕、めちゃくちゃ人相悪かったですからね」

葛西は恥ずかしそうに顔を伏せた。「僕は、けっこうひどい家庭で育ったんです。僕が小さいころに父は家を出ていったし、母は次第に僕を邪魔に感じるようになって、ろくに面倒を見てくれなくなりました。そういう事情もあって、ぐれちゃったんです。今は両親を反面教師にして、少しでも息子のために頑張ろうと思って、学校に行くときはいつもたくさん荷物を持っていってるというわけです」

「このTシャツ、まだ持ってたんですね……まあ、僕も持ってますけど」

「しばらくタンスにしまいっぱなしだったんですけど、最近妻がパジャマ代わりに使ってるんです」

朔が返したTシャツを受け取り、葛西は頭を下げた。「申し訳ありませんでした」

「いいんですよ。マウスも返してもらいましたし」

あまりに驚いたせいで、犯人への憤りはもうどこかへ吹き飛んでしまった。

「いえ、そのことではなく」

葛西は頭を下げたまま言った。「柏木さんの夢を壊してしまって、本当に申し訳ありませんでした」

「ああ、いや……僕が昔のクラスメイトだというのは最初から気づいてたんですか?」

「柏木さんが、骨折のせいでピアノが弾けなくなった話をされたときに気づいたんです。謝らなければいけないとは思っていたんですけど、名乗り出ることができませんでした。本当にすみません」

「いい加減顔を上げてください。人が見てます」

通りすがりの女性が何度もこちらに顔を向けていた。

顔を上げた葛西の目からは、今にも涙がこぼれ落ちそうだった。

「葛西さん、もういいんです。昔のことですから」

「よくありません。僕のせいで柏木さんはピアノを弾けなくなったんです」

「骨折したって、治ればちゃんと弾けるはずだったんです。あれきり弾けなくなったということは、僕の才能はその程度だったということです」

「でも、きっかけを作ったのは僕です。柏木さんの人生を狂わせてしまったんです」

「狂ってなんかいません」

朔は断言した。その言葉は、葛西の目を見開かせただけではなく、過去へのわだかまりを抱えていた自分の心にもすこやかな風を吹き込んでくれた。

脳裏には、妻と娘の姿があった。音大を諦め、一浪して合格した大学で、朔は妻と出会った。

あのとき挫折したからこそ、今があるのだ。

「葛西さんは、僕が妻や娘と出会えたことを、『人生が狂った』と表現するんですか？」

「い、いえ、そんなことは」

「夢が潰《つい》えたからといって、そこで人生が終わるわけじゃありません。もちろん、あのとき骨折しなかったらどんな人生になっていたんだろう、と想像することはあります。でも、骨を折られてからの人生も、決して悪くなかったですよ」

朔がほほえみかけると、葛西は泣き笑いのような顔になった。

「そう言っていただけると救われます。ああ、でも、マウスを盗んだことも謝らないといけないですよね。ギフトが手に入る、ってぬか喜びさせてしまいました」

「ギフトなんて、あってもなくてもいいんです」

以前、亜美に『才能を授かってもどうせ自分みたいに途中で挫折する、って決めつけてる』と言われて、否定できなかった。でも、もうそんな心配はしない。

「どんな未来が訪れたって、幸せをつかむチャンスは必ずあるんですから」

才能は生かせなかったけど、挫折の先にも幸福はちゃんとあったのだ。

「そういう風に思った方がいいのかもしれないですね」

葛西が肩を押さえた。「僕は頑張りすぎてたのかもしれません。いつもたくさん荷物持っていくせいで、最近肩こりがひどくて」

「お互い、もう少し気楽にやりましょう。ギフトが手に入るかどうかなんて、きっとささいなことです。ギフトがあろうがなかろうが、子どもは子どもの力で幸せをつかむんですよ」

「そうですね」

うなずく葛西の横から、「ただいま」という声とともに結月が現れた。

「おかえり……ん？　どうした、結月？」

結月はやけに暗い顔をしていた。

「お父さん、ごめんなさい」

「何があったんだ」

「ピアニカなくしちゃったの」

結月はうつむいて言った。「ロッカーに入れてたのに、体育の授業から戻ってきたらなくなってた」

朔は葛西と目を合わせた。

「柏木さん、やりましたね！」

「今度こそ間違いないですよね」

さすがに今回も人間のしわざ、ということはないだろう。

朔はその場にしゃがみ、結月と目線を合わせた。

「心配しなくても大丈夫だよ。きっとすぐ出てくるからね」

おそらく明日にはな、と心の中でつけ加えた。

「か、柏木さん、これからどうします？」

なぜか葛西の方が興奮していた。「娘さんにも、ピアノを始めさせますか？」

「どうしましょうね……」

これからのことなんて、すぐには考えられない。

だけど、今すぐやりたいことなら思いついた。

「結月、もしピアニカが見つかったら、一度家に持って帰ってきてくれるか？」

「え？　うん、いいけど……」

結月は不思議そうに朔を見返した。

まもなく訪れる亜美の誕生日、プレゼントを贈る代わりに、ピアニカを吹こう。ピアノには二十年近く触れていないけれど、妖精の力が宿ったピアニカで練習すれば、すぐにまた弾けるようになるだろう。

プロにはなれなかったけど、妻と娘を喜ばせる演奏なら、きっとできる。それは、ピアニストになるのと同じくらい価値のあることのように、朔には思えた。

カウントダウンが進まない

夜中に雨が降ったらしく、日光を浴びた木の葉が朝露に濡れていた。

唯井正和《ただいまさかず》は、通勤電車に揺られながら、指定した日付までのカウントダウンができるアプリを開いた。液晶画面には「183」という数字が表示された。今日は九月三十日。来年の四月一日まで残り百八十三日。今日が終われば、待ち望んでいた定年退職まで、いよいよ半年だ。

C中学校の最寄り駅の前には音楽祭の看板が掲げられており、そこに「本日開催！」という飾りをつけ足している男性の姿があった。毎年、九月三十日の午後から夕方にかけて、駅前の商店街に設けたステージでさまざまなアーティストによる演奏が行われる。

校門の前まで来ると、グローブを持った体操着姿の男子生徒が、浮かない顔で昇降口に座り込んでいるのが見えた。

「どうしたんですか?」

正和が声をかけると、男子生徒はグラウンドの方へ逃げるように駆けていった。きっと、朝練に行きたくなくてぐずぐずしていたのだろう。

病欠と出張が続いたため、一週間ぶりの出勤だった。校長室には、決裁待ちの文書や正和宛の郵便物が山のように積み上がっていた。

とりあえず「至急」というスタンプのある郵便物のみを手元に置き、残りはいったん引き出しにしまった。封筒を開けていると、グラウンドから男子生徒たちの怒号が聞こえてきた。ただごとではない気配を察し、正和は外へ出た。

朝練中の生徒たちの視線が、グラウンドの中央で教員に取り押さえられている二人の男子生徒に集中していた。

近くにいたテニス部の顧問に、何があったのか尋ねた。

「喧嘩です。ボールを追いかけていた野球部の子が、サッカー部の子にぶつかったのがきっかけだったみたいです」

そこで、背後から「校長先生、お電話です」という、かん高い男性の声がした。振り向くと、教務主任が顔をこわばらせていた。

「誰からですか？」

「名乗らないんです。それに、すごく変な声でした。ボイスチェンジャーっていうんですか、あれを使っているようなんです」

正和は校長室へ戻った。

「もしもし、校長の唯井ですが」

「おはようございます」

声を聞いた瞬間、戦慄《せんりつ》が走った。テレビドラマでよく聞く、電話で脅迫や犯行予告をするときの声とそっくりだった。

「C中学校に、火をつけることにしました」

受話器を持つ手が震えた。

「あんた、何を馬鹿なことを言っているんだ」

「わざわざお伝えしてあげたのにその言い方はないでしょう」

「ふざけるな」

正和は受話器を強く握り、手の震えを押さえ込んだ。「馬鹿なまねはやめろ。取り返しのつかないことになるぞ」

「取り返しのつかないことをやりたいんですよ」

通話が切れても、心臓の鼓動は鳴りやまなかった。

正和は警察と教育委員会に電話をかけた。協議の結果、当面は通常どおり授業を行い、警察には校舎周辺を厳重に警備してもらうことになった。職員には電話のことを告げ、校舎を出入りする際は必ず鍵をかけるよう伝えた。

方針が決まり、正和は目の前の業務に集中することにした。一週間学校を空けていたので、やるべき仕事は山のようにある。明日からまた出張なので、今日のうちにできるだけ終わらせておきたい。

教員からの相談を受けたり自分宛の電話に対応したりしながら仕事を片づけていく途中で、一枚の書類が目に留まった。

再任用意向調査が届いていた。この自治体では、希望者は定年後も再任用という形で校長を続けることができる。

本来、仕事を続けるつもりはなかった。ただ、つい最近、大学生の娘が大学院に進みたいと言い出し、妻から学費のためにもう一年働いてくれないかと頼まれたばかりだった。

返事は保留していた。娘にはやりたいことを自由にやらせてあげたいけれど、毎日カウントダウンをしているくらい、早く仕事から解放されたいという願望も強いのだ。

文書を見つめながらどうするべきか考えていると、ドアがノックされた。

「これから面談なんですけど、校長室お借りできますか？　ほかの部屋が空いてないんです」

秋山《あきやま》という、中堅の女性教員の背後に、生徒の母親と思われる女性がいた。

正和は場所を譲り、職員室の自分の席に座った。

「校長先生」

文書の決裁をしていると、一年の学年主任が近づいてきた。「娘が熱を出したので早退させていただきたいんですけど」

彼女は小学生の娘を一人で育てている。

「ああ、どうぞ」

「ただ、夕方の、君沢《きみさわ》先生の面談に同席できなくなってしまいました」

「君沢先生の面談というと……」

「村越《むらこし》くんのお父さんとの面談です」

村越の父親は校内でも有名なクレーマーだった。最近、息子が学校をよく休むようになり、父親はいじめのせいではないかと疑っていた。調査の結果、いじめの事実はないとわかったのだが、父親は納得がいかないらしく、今夜直接話をすることになっていた。

君沢は今年採用されたばかりの女性教員だ。一人で対応させるわけにはいかない。学年主任が無理なら、ほかの誰かに出席してもらう必要があるのだが、今日は生徒指導主任も教頭も出張だった。

「わかりました、僕が代わりに出ます。面談は校長室でやることにしましょう」

「ありがとうございます」

学年主任が頭を下げた。

それからしばらくして、廊下から「お忙しいところありがとうございました」という秋山の声が聞こえてきた。面談が終わったようなので、正和は校長室へ戻った。

「何の面談だったんですか?」

まだ校長室にいた秋山に尋ねると、彼女はむっとした顔で言い返してきた。

「ご存じなかったんですか? 今朝の喧嘩のことです」

秋山はサッカー部の顧問だった。

「ほかの子を殴ったことについて考えてもらいたかったのに、学校の安全管理に問題があるんじゃないか、って責められちゃいました。でも、あのお母さんの言うとおりなんですよ。必ず部活に入らないといけないっていうルールのせいで、どの部活も部員が多すぎるんです。毎日、グラウンドが生徒であふれかえっているの、ご存じですよね? こういう事故、これからもなくならないですよ」

「グラウンドの使い方、考えないといけないですね」

「そもそも、全員が部活に入る、って決まりを変えた方がいいんじゃないですか? 市内でこんなことやってるの、C中だけですよ」

「ただ、生徒は全員部活に入る、というのはC中の伝統ですから」

「伝統を守るために、今の生徒が犠牲になっていいんですか?」

簡単に言わないでくれ、と言い返したいのをぐっとこらえた。

正和も、部活には必ず入ってもらうというルールをあらためようとしたことがあった。だが、歴代校長、ＰＴＡ、地域の代表者など、あらゆる方面から反対された。部活での厳しい指導のおかげでＣ中の生徒はみなしっかりしているのだから、この伝統はぜひ守り続けてほしい、と懇願され、正和は諦めざるを得なかった。

「部活が嫌いな生徒だっているんですよ」

「それはわかりますが」

「教員だって、全員が好きで部活やってるわけじゃないんです」

秋山が徐々にヒートアップしていった。「この際だから言わせてください。部活の指導って、教員の自主性に任されているはずなのに、実際は全員が強制的に顧問をやらされてますよね。しかも、毎日遅くまで生徒の指導をして、もらえる手当はほんのわずかです。これっておかしいですよね？」

「ですが、われわれも部活の指導を通じて学ぶことがたくさんあります。積極的に関わってもらえると……」

「そういうのをやりがい搾取って言うんです。やりがいを盾にして、ただ働きを押しつけるずるいやり方です」

正和の言葉を遮って、秋山は断じた。「先生、着任したとき、教員の負担が減るように学校を変えていく、って言いましたよね。あれから二年経ったのに、何も変わってないじゃないですか」

その後も正和は秋山のクレームを受け止め続け、終わるころにはぐったりと疲れていた。

秋山を見ていると、かつての自分を思い出す。正和も気が短く、納得できないことがあれば先輩にも容赦なく食ってかかっていたのだ。

コーヒーを飲んで気分転換を図ってから、正和は仕事に戻った。

夕方、君沢が校長室を訪ねてきた。

「村越さん、もうそろそろいらっしゃると思います」

「わかりました。早めに終わるといいですね」

という正和の願いは、やってきた村越の第一声を聞いた瞬間、叶わないことを確信した。

「朝、ずいぶんグラウンドが騒がしかったですね。あんなに先生がいたのに、どうして喧嘩が起こるんですか？」

「ご覧になっていたんですか……」

彼は、単にいじめの話をしたいだけではなく、学校への日ごろの不満を全部ぶつけるつもりのようだ。

村越はいじめの問題から始まって、教員の態度、ＰＴＡへの不満、地域の防犯体制に至るまで、ありとあらゆる方向から正和たちを責めてきた。正和や君沢が説明しても首を縦に振ることはなく、ボルテージは、収まるどころか、話せば話すほど高まっていく。十七時から始まった面談は、あっという間に三時間を超えていた。

空腹に耐えかねて、正和の腹が大きく鳴った。その間の抜けた音は、部活動の指導方針に異を唱えていた村越の耳にも入ったようだった。

「おい、何だ今の」

村越の言葉遣いが急に荒っぽくなった。血走った目を正和に向けている。

「失礼しました」

正和はあわてて謝ったが、村越の怒りはもう収まらなかった。

「あんた、馬鹿にしてるのか？」

村越は手元にあった自分のスマートフォンを正和に投げつけた。スマホは正和をかすめ、壁に激突した。

当たらなかったことが余計に怒りを増幅させたらしく、村越は今度は自分が座っていた椅子を持ち上げた。

「村越さん、落ち着いて！」

正和が叫んだのもむなしく、村越は椅子を投げつけた。椅子が脇腹に当たり、正和は崩れるように倒れた。

「すいません！　誰か来てください！」

君沢が助けを呼んだ。すぐに教員が二人飛んできて、なおも暴れようとする村越を押さえつけた。

興奮する村越をみんなでなだめ、二十一時半、ようやく帰路に就かせた。

「長時間お疲れさまでした。僕のせいで怒らせてしまって申し訳ない」

痛みの残る脇腹をさすりながら言うと、君沢は悄然とした顔で正和を見上げた。

「私、これ以上村越くんの担任続けていけません」

「自信持ってください。半年間頑張ってこられたんだから、大丈夫ですよ」

「無理です。もう耐えられません」

とうとう君沢は涙をこぼした。

おいおい、今度は君沢を相手にしないといけないのか。途方に暮れそうになりながらも、正和は言葉を尽くして君沢を励ました。

「この涙が報われるときが必ず来ます。いいですか、どれだけ嫌な思いをしても、たった一度、子どもからうれしい言葉をもらっただけで全部帳消しになるのが教師という生き物です。限界を迎えそうなときは、このことを思い出してください。今が耐えどきです」

「はい。頑張ります」

とは言ったものの、君沢は沈んだ面持ちのまま校長室を出ていった。

時計を見ると、すでに二十二時を回っていた。今日中に終わらせるつもりだった業務を大量に残したまま、正和は学校を出た。

電車に乗り込むと、ドアにもたれかかるように背中を預けた。

長い一日だった。生徒の喧嘩、放火予告電話、終わらない書類仕事、教員からのクレーム、保護者との面談、教員のメンタルケア。

ともかく、これでまた一日が終わった。明日は十月一日。定年退職まで残り半年、日数にすると百八十二日だ。

定年後も働いてほしいという妻の望みには応えられそうにない。年を取って気力も体力も落ちているのに、こんな毎日がもう一年続くなんて耐えられない。

家に帰り、軽く食事をした後すぐシャワーを浴び、日付が変わる直前に布団に入った。

直後、スマートフォンが震え出した。教頭からの電話だった。

「校長先生、大変です」

教頭の声は震えていた。「学校が燃えています！」

正和は飛び起きた。その瞬間、急速に意識が遠のいていった。

＊

夜中に雨が降ったらしく、日光を浴びた木の葉が朝露に濡れていた。

正和は、電車の中でスマートフォンを開いた。今日の日付は九月三十日、カウントダウンアプリには「１８３」という数字があった。インターネットを開くと、昨日読んだはずのニュースばかりが並んでいた。

駅前の商店街には音楽祭の看板が掲げられており、そこに「本日開催！」という飾りを貼っている男性の姿があった。

燃えたという連絡を受けたはずの校舎は、いつもと変わらぬ姿を見せていた。

昇降口では、グローブを持った体操着姿の男子生徒が浮かない顔で座り込んでいた。正和がじっと見つめていると、彼は視線に気づき、グラウンドへ逃げるように駆けていった。

校長室には、決裁待ちの文書や正和宛の郵便物が山のように積み上がっていた。正和がそれらを見下ろしていると、グラウンドから男子生徒たちの怒号が聞こえてきた。グラウンドでは、二人の男子生徒が教員に取り押さえられていた。通りには、自転車を止めてグラウンドを見つめる村越の姿があった。

「喧嘩です。ボールを追いかけていた野球部の子が、サッカー部の子にぶつかったのがきっかけだったみたいです」

「これで二日連続ですね」

「え？　昨日は喧嘩してませんでしたよ？」

テニス部の顧問が首をかしげる様子を見ていると、背後から「校長先生、お電話です」という声がした。振り向くと、教務主任が顔をこわばらせていた。

「名乗らないんです。すごく変な声でした。ボイスチェンジャーっていうんですか、あれを使っているようなんです」

受話器からは、聞き覚えのある声がした。

「おはようございます。C中学校に、火をつけることにしました」

「……あの、あなた、昨日も電話かけてきましたよね？」

「は？」

相手はしばらく沈黙し、それからせせら笑う声がした。「それは私じゃないです。あなた、いろんな人から恨まれてるんですね」

通話を終えた後、正和はしばらく動けなかった。夢なら早く覚めてくれ。そう念じてみたが、目の前の光景は何も変わらなかった。正和はどこか遠いところに逃げ出したい衝動にかられた。

通話のあとの出来事も、身に覚えのあるものばかりだった。

手元にある仕事は、すべて一度処理したはずのものだった。合間にかかってくる電話や、教員から受ける相談の内容も、まったく一緒だった。

その流れは午後に入ってからも変わらない。秋山から部活のことで文句を言われ、夜には長時間の面談の末に村越から椅子を投げつけられ、涙を流す君沢を励ます。

二十二時過ぎ、正和は職場を出た。駅までの道のりを歩きながら、頭を掻きむしった。

同じ日付。同じ出来事の繰り返し。

なぜか、九月三十日が繰り返されている。そのことに気づいているのは、どうやら正和だけらしい。

きっとこのあと、日付が変わる直前に、学校のすぐ近くに住む教頭から火事を告げる電話が入るはずだ。そのあとはどうなるのか。前回と同様、日付が変わる瞬間に意識が遠のき、ふたたび三十日の朝に戻るのか。それとも、今度は無事次の日に進めるだろうか。

夜道を歩いていると、前方のベンチに座っていた髪の長い女性が立ち上がり、正和に向かってきた。

彼女は、咎《とが》めるような目で正和を見ていた。

誰だ、この人は。前回、こんな人はいなかったはずだ。

うろたえる正和の前で、女性は立ち止まった。

「このままでは明日を迎えられませんよ」

正和は歩道の真ん中に立ち尽くし、去っていく女性を見送った。

帰宅後、やはり教頭から火事の報告があり、直後に正和の意識は途切れた。

＊

夜中に雨が降ったらしく、日光を浴びた木の葉が朝露に濡れていた。

出勤した正和はグラウンドに向かわず、校長室で電話を待ち受けていた。

「C中学校に、火をつけることにしました」

「何だって?」

驚いたふりをしてから、正和は続けた。「どうしてそんなことをするんだ?」

「さあ、どうしてでしょうね」

「私に恨みでもあるのか?」

「何だ、わかってるじゃないですか」

「私が君に何をした?」

「自分の胸に訊いてください」

通話が切れた。

思ったとおり、放火犯は正和に恨みを持つ人物のようだ。

前回の電話でも、「あなた、いろんな人から恨まれてるんですね」と言っていた。それに、わざわざ校長宛に予告電話をかけてくるところに、正和が困るところを見たいという意図を感じた。

警察や教育委員会とのやりとりを終えてから、正和は仕事に手をつけず、放火犯の正体を考えることにした。

二度目の九月三十日の夜、謎の女性に「このままでは明日を迎えられませんよ」と告げられた。女性が何者なのかは不明だが、今は彼女の言葉を指針にするしかない。

彼女が言った「このまま」というのは、三十日に起こった数々の問題を解決できないままにすることを指すのかもしれない。

生徒の喧嘩、放火予告電話、終わらない書類仕事、教員からのクレーム、保護者との面談、教員のメンタルケア。

すべてをクリアする必要があるのかは不明だが、一番深刻な問題である放火を放置したまま明日に進めるとは思えない。放火を防ぐことを最優先にするべきだ、と正和は判断した。

正和に恨みを持つ人物となると、過去に関わった生徒の中に放火犯がいる可能性が高い。

正和は、怖い先生としておそれられていた。若いころは生徒に手を上げたこともあったし、体罰がタブーになってからも、言うことを聞かない生徒は容赦なく怒鳴っていた。

正和から受けた仕打ちを忘れられない人が、恨みをこじらせて放火に及ぼうとしているのかもしれない。

正和は記憶を頼りに、疑わしい人物を挙げていった。

すぐ頭に浮かんだのは、板東《ばんどう》という生徒だった。

十年前、正和がC中に二年間だけ勤務していたときに受け持ったクラスの生徒で、正和が顧問を務める野球部にも在籍していた。

板東は頻繁に学校をサボり、他校の不良仲間とつるんだり、バンド活動のまねごとをしたりしていた。正和は彼を何度も叱り、学校に来るよううながした。それでも言うことを聞かないため、つい封印したはずの体罰を働いたこともあった。

更生させられないまま、板東はC中を卒業し、同じ年に正和も異動になった。

彼を疑うのは、正和が体罰を働いたからというのもあるが、何よりこの学校の出身だというのが大きい。まったく知らない場所より、馴染みのある場所の方が侵入しやすいはずだ。正和への恨みだけでなく、この学校にまつわる嫌な思い出ごと葬《ほうむ》るつもりで、板東は火をつけようとしているのではないだろうか。

正和は職員室へ向かった。探していた人物は、職員室の隅にあるコーヒーメーカーの前にいた。

「おう、おはよう」

出勤してきたばかりの角中《かくなか》があくびをしていた。「どうした、正和？　顔色が悪いぞ」

角中は大学の同級生で、採用試験に受かった年も同じだった。ただ、年齢は角中がひとつ上だ。三月に定年を迎え、現在は非常勤講師としてC中に勤めている。この学校で唯一、自分のことを名前で呼んでくれる存在だ。

「カクさん、板東って生徒覚えてる？」

角中とは十年前にもC中で同僚になった。

「ああ、いたな。正和もあいつには手を焼いてたよな」

「卒業した後どうなったか知ってるか？」

「暴走族に入ったとか、バンド仲間を骨折させたとか、悪い噂ばかり聞いたよ。高校も途中でやめたらしい。その後のことはわからないけど、少なくとも神社を継いだという話は聞いてないな」

板東の親は、近くの神社の宮司を務めていた。板東にはきょうだいがいたはずだから、彼が継ぐ必要はないのかもしれない。

「校長先生」

若手の男性教員が話しかけてきた。相談内容はわかりきっていたのですばやく対処法を指示すると、相手は呆気に取られた様子でうなずいた。

「わかりました。そのとおりにします」

「よろしくお願いします」

男性教員が去っていくと、黙って見ていた角中が口を開いた。

「若手にまでそんな丁寧な言葉遣いしなくてもいいんじゃないの？」

「こうやって自分を縛《しば》っておかないと、いつ本性が出るかわからないからな」

誰に対しても同じ態度で接する、というのは、教頭になったときに決めたことだった。今までのように感情に任せた話し方をすると、職員は萎縮《いしゅく》するだろうし、パワハラと受け取られるおそれもある。日頃から丁寧な言葉遣いを心がけているおかげで、自然と感情の起伏もゆるやかになり、声を荒らげることはほとんどなくなった。

「荒っぽい正和も好きだったけどね。板東に向かって、『校長になって学校を変えるから見てろよ』って宣言したのは気持ちよかったな」

「思い出させないでくれ」

正和は顔をしかめた。

板東がC中にいたころの校長は、事なかれ主義というものを具現化したような人だった。

その校長は正和に向かって、板東が学校に来たって問題を起こすだけだから無理に連れてこなくてもいい、という趣旨の発言をした。間が悪いことに、それを板東の友達がたまたま聞いていて、板東本人にその話を伝えたらしい。

「俺なんて学校にいなくてもいいんだろ」

後日、授業を抜け出した板東を角中と一緒に連れ戻そうとしたとき、彼はそう言って抵抗した。

「そんなことはない」

「校長がそう言ってた、って聞いたぞ」

「校長先生は間違ってる。学校はお前たちみんなのものだ」

「何だよそれ。校長が間違ってる学校なんておかしいだろう」

「……そのとおりだ」

「わかっててそのまま放っておくのかよ。俺を連れ戻す暇があったら校長を何とかしろよ」

言葉に詰まった正和を見て、板東はせせら笑いを浮かべた。「あるいは、代わりに唯井が校長になったらいいんじゃねえの？」

「わかった」

言われっぱなしなのが悔しくて、つい言い返してしまった。「いずれ校長になって学校を変える。生徒全員が楽しく過ごせる学校を作るよ。だから板東も学校に来い」

「唯井が校長？　似合わねえよ！」

板東は手を叩いて笑った。「ていうか、いずれっていつだよ。俺が卒業した後に校長になっても意味ないだろ」

文句を言いながらも、板東は正和たちと一緒に学校に戻ってきた。

当時のことを思い出して、正和は赤面した。

「馬鹿みたいだよな」

「でも、校長を目指すようになったのはあのやりとりがきっかけなんだろ?」

と言って、角中は残念そうな顔つきになった。「あの性格のまま校長になっていたら面白いなって思ってたけど、まあ、お前にはお前なりの考えがあるんだろうな」

自分の席へ戻っていく角中の背中に向かって、余計なことを思い出させるなよ、と小声で言った。

正和に、学校を変えようという情熱はもうないのだ。


二十三時過ぎ、正和は戸締まりをして、一番最後に校舎を出た。

駅には向かわず、自動販売機の横に身をひそめて校舎の様子を窺った。放火犯が火をつけるところを、直接つかまえるつもりだった。

正和の位置からは校舎の正門が見える。教頭の自宅も正門側にあるから、教頭が家から火事を目撃したのであれば、正門付近から火が上がった可能性が高い。

正和は痛みの残る脇腹をさすった。

村越を怒らせないよう、正和は事前に菓子パンを食べ、腹が鳴らないようにしてから面談に臨んだ。だが今回は、君沢の何気ない返答に機嫌を損ねて椅子を投げ飛ばした。結局、正和の腹が鳴ったのはきっかけにすぎず、いつ感情を爆発させてもおかしくない精神状態だったのだろう。

車の姿はなく、あたりはひっそりしていた。闇に紛れ、息をひそめて校舎を見つめていると、不意に正和を光が貫いた。

「何をしているんですか！」

警官が厳しい顔つきで正和を見据えていた。

「あ、あの、校長の唯井と申します」

あわてて鞄から名刺を取り出した。

「校長先生？　まさか、放火犯を見張っていたんじゃないでしょうね？」

正和がうなずくと、警官は天を仰いだ。「ここは我々に任せて、校長先生は早くお帰りになってください」

任せられるわけがない。警備しているのに、なぜ毎回火の手が上がるのだ。

「十二時までいさせてもらえませんか。そこまで見て何もなかったら帰りますから」

「校長先生の身も危ないんですよ。放火犯に襲いかかられたらどうするんですか」

「自分の身は自分で守れますから、私のことは気にせず巡回を続けてください。こうしている間にも放火犯が侵入しようとしているかもしれません」

「ですが……あっ！」

突然、警官が正和を置いて走り出した。

あわててあとを追う正和の視線の先に、赤い光が見えた。校舎の二階から炎が上がっており、その近くに人の姿があった。

校舎に入り、火災警報器の音が鳴り響く中を、消火器を持って二階に上がる途中で、上から誰かの足音が聞こえてきた。

二階には熱気が充満していた。警官が足音のする方にライトをかざすと、遠ざかっていく何者かの後ろ姿があった。

「おい、待て！」

正和は消火器を捨てて走り出した。

「校長先生、まずは消火しましょう！」

背後から警官の呼び止める声が追いかけてきた。

走っている途中、ポケットの中でスマートフォンが震えた。教頭からの電話だろう。ということはそろそろ日付が変わる。

正和は歯ぎしりをした。くそっ、時間切れか。

放火犯との距離を縮められないまま、目の前が暗くなった。

＊

夜中に雨が降ったらしく、日光を浴びた木の葉が朝露に濡れていた。

電車に揺られながら年度末までの日数を確認して、正和はうんざりした。三日分の時を過ごしたはずなのに、数字は「１８３」のままだ。

四月にカウントダウンを始めてから、数字がなかなか減らずにいらだつこともあった。だが、今思えば、ゆっくりではあっても時が前に進んでくれるだけましだった。まさか足踏みをする羽目になるなんて夢にも思わなかった。

出勤すると、正和は職員名簿を用意した。職員室やグラウンドを見わたし、姿が確認できる職員をチェックしていった。

「校長先生、お電話です」

「わかりました」

正和は職員室の受話器を取った。

「おはようございます。C中学校に、火をつけることにしました」

「君は、C中の職員じゃないか？」

間髪を容《い》れずに訊くと、相手は沈黙した。

警官が巡回している状況で、校舎の中から火をつけることができたのだから、内部の者がやったと考える方が自然だ。職員の誰かが、帰るふりをして校舎のどこかに身を隠し、誰もいなくなった後に火をつけたのではないだろうか。

「私に何の恨みがあるんだ？」

通話が切れた。

正和は名簿に目を落とした。チェックのついていない者は十五人。その後、職員に尋ねて回ったところ、このうち五人のアリバイが確認できた。

校長室に戻り、腕を組んで名簿を見つめた。

残った十人の中に、放火犯がいる。火をつけようと思うほど、正和を恨んでいる人物がいるのだ。職員の中に放火犯がいるなんて、信じたくなかった。

「俺が何をした」

怒りが込み上げてきて、足元のゴミ箱を蹴り飛ばした。至らない点は多々あるだろうが、校舎に火をつけようと思わせるほどひどいことは何もしていないはずだ。

あるいは、何もしないのがいけなかったのだろうか？

二年前、校長に昇任し、八年ぶりにC中に赴任することが決まった。板東に宣言したとおり、自分の手でC中を変えていこう、と燃えていた。

その意欲は、時が経つごとにしぼんでいった。

学級崩壊、保護者トラブル、非常勤講師の突然の退職など、赴任直後からさまざまな出来事が起こり、正和はその対応に神経をすり減らした。学校で起こる、すべての出来事の責任を背負わないといけないというのは、想像以上の重圧だった。

部活動全員加入の原則などを変えようともしてみたが、そのたびに強い反発を受けて引き下がらざるを得なくなった。そんな日々が続くうち、学校を変えようという思いはいつの間にか失《う》せ、大きな問題さえ起こらなければいい、とばかり願うようになった。

今の自分は、十年前の校長の姿にそっくりだった。退職まで大過なく過ごせることを願うだけなんて、まさに事なかれ主義そのものだ。

正和の姿勢に幻滅している職員が、学校に絶望して火をつけたのだろうか……と考えかけて、首を振った。その程度の理由で火をつけるようでは、校舎がいくらあっても足りない。

あらためて名簿に目を落とす。所在が確認できない十名の中に、放火犯がいるのだ。火をつけようとするくらい正和を恨んでいるのだから、必ずそのサインを発しているはずだ。正和は、午前中いっぱいかけて十人の日々の言動を思い出し、火をつける理由がある者がいないか考えた。

午後、正和はいったん放火犯のことを頭から追い出した。ほかにも対処しなければいけない問題があるのだ。

「これって搾取ですよね！」

秋山が「搾取」と言うのも、もう四度目だ。

正和は毎回言葉を変えて説得に臨むのだが、結局どのルートをたどっても「搾取」という言葉に行き着いてしまう。いつか正和にこの言葉をぶつけてやろう、と以前から決めていたのかもしれない。

「毎日朝から部活、放課後も部活、土日もひどいときは二日とも部活、いったいいつ休めばいいんですか？」

「でも、今日は朝練にいませんでしたよね？」

「えっ……」

今朝、グラウンドに秋山の姿はなかった。ほかの教職員に訊いても、彼女を見た者はいなかった。

「何をされていたんですか？」

練習時は必ず教員がついていなければいけないし、秋山はいつもその決まりを守っていたはずだ。にもかかわらず、なぜ今朝に限って秋山はグラウンドにいなかったのか。

「何って……理科の実験の準備をしていたんですよ」

「そういうのは前日のうちに済ませるものではないですか？」

追いつめたつもりだったが、正和の言葉は秋山の怒りに火を注ぐことになった。

「部活のせいで手が回らなかったんです！　遅くまで練習を見て、その後にベンチ入りできなかった生徒の保護者からクレームの電話が来て、十時過ぎまでつきあってたんです。いったい、いつ授業の準備をすればいいんですか？」

結局、いつもより倍の時間をかけて秋山をなだめることになった。まだ怒りが収まらない様子で去っていく秋山を目で追いながら、彼女に羨望を覚えた。言いたいことを言えて、さぞ気持ちいいことだろう。

数時間後、正和は同じ思いを村越にも抱いた。

「あなたたちの言ってること、信用できないんですよ」

正和と君沢を交互ににらみつけ、村越は言い放った。「いじめがない、って証拠はないんでしょ？」

そんなの、あるわけがない。いじめに限らず、物事が存在しないことを客観的に証明するのは非常に困難なのだ。

「はい、って何ですか。ですが……」

「はい。無責任な返事ですねえ」

村越は粘《ねば》つくような視線を向けてきた。「いじめがあること自体を責めるつもりはないですよ。いじめなんて、どの学校にだってあると思ってますから。けどね、いじめを隠すってのはあってはならないんじゃないですか？　事実を明らかにした上で、どう対処するかを考えるべきでしょう？」

このセリフを聞くのも四度目だ。たまには違うことを言ってみろ、と罵りたくなる。

「おっしゃるとおりです。ただ、何度も申し上げたとおり、いじめの事実が確認できないんです。本人だっていじめられたとは言ってないんですよね？」

「本当のことが言えないんじゃないですか？　親に心配かけたくないとか、知られたら恥ずかしいとか、理由はいくらでも考えられるでしょう。教師のくせに、子どもの気持ちが何もわかってないじゃないですか」

あと何回、村越と向き合わないといけないのだろう。一生懸命耐えたとしても、翌日に進めない限りまた同じやりとりを繰り返すなんてあんまりだ。

「ん？」

思わず声が出た。

どうせこの一日がなかったことになるのなら、耐える必要なんてないじゃないか。

そのことに気づいた瞬間、箍《たが》が外れた。

「ちょっと、校長先生、話聞いてますか？」

「うるせえなあ」

「何ですって？」

「あんたの話は聞き飽きたんだよ！」

正和は立ち上がり、呆然としている村越を見下ろした。「いじめがない証拠なんてあるわけねえだろ！　ないことをどうやったら証明できるんだ？　教えてくれよ！」

「そんなのそっちが考えることだろ」

「無責任な返事ですねえ」

村越のまねをすると、彼の顔が赤くなった。

「あんたの息子は単にサボり癖がついてるだけなんだよ。親の育て方に問題があったんだろうな。

あんた、いじめだってことにして、子育てにしくじった責任を学校に押しつけようって魂胆《こんたん》なんじゃねえのか?」

「何だと!」

一時は呆気に取られていた村越も、ふたたび怒りのボルテージが上がり、立ち上がって正和をにらみつけた。

「すいません! 誰か来てください!」

君沢が悲鳴のような声を上げ、血相を変えた教員たちが入ってきた。

正和はその後も喧嘩腰で村越に臨んだ。村越は途中で何度も暴れ出しそうになったが、その都度教員たちに制止された。

結局、いつも以上に面談の時間は延び、終わるころには二十三時を回っていた。去り際、村越は正和に指を突きつけた。

「あんたの今日の態度、絶対問題にしてやるからな」

「やれるものならやってみろ」

村越が去ってから、正和は教員たちから集中砲火に遭った。いったい何を考えているのか、と責める教員たちに、考えがあってのことだからと言い含め、何とか家に帰らせた。

もうじき日付が変わろうとしていた。まだ学校に明かりがついているうちは、さすがに放火犯も火を放とうとはしないだろう。放火犯が火をつけられずに歯ぎしりしているところを想像して、正和はほくそ笑んだ。

「あの、今日はありがとうございました」

まだ残っていた君沢が頭を下げた。

「驚かせてしまって悪かったね」

感情を爆発させた名残《なごり》なのか、正和の口調は、自然とくだけたものになっていた。

「びっくりしました。でも」

そこで君沢は笑みを見せた。彼女が笑うのは、四度目にして初めてのことだった。

「正直、すっきりしました。いじめがない証拠なんて、あるわけないですよね」

「だよなあ」

目を合わせ、互いに笑い合った。

君沢が先に帰るのを見送りながら、そういえば彼女も今朝姿が確認できない十人の中の一人だったな、と思った。

その後、放火犯が隠れていないか校舎を探しているうちに、また意識が遠ざかっていった。

＊

夜中に雨が降ったらしく、日光を浴びた木の葉が朝露に濡れていた。

電車内でいつも開くアプリを、今回は見ようともしなかった。

職場の最寄り駅の前には音楽祭の看板が掲げられており、そこに「本日開催!」という飾りをつけ足している男性の姿があった。

昇降口では、グローブを持った体操着姿の男子生徒が浮かない顔で座り込んでいた。彼は正和の視線に気づき、あわてて立ち上がった。

「行かなくていいよ」

「えっ？」

「一緒にコーヒーでも飲まないか？」

きょとんとした顔の彼に、正和は笑みを向けた。「一回くらい、君が笑ってるところを見たいんだ」

職員たちが怪訝そうにしている中、正和は二人分のコーヒーを用意して、男子生徒と一緒に校長室に入った。会議用のテーブルに並んで座り、そろってコーヒーを飲んだ。

クラスと名前を尋ねると、男子生徒は一年五組の広畑《ひろはた》です、と口にした。一年五組は、秋山のクラスだ。

「君、部活は好きか？」

話しかけると、彼の身体がこわばった。

「緊張しなくていい。俺のことは、親戚のおじさんだとでも思ってくれ」

好きじゃないです、と彼は首を振った。

「野球は好きか？」

「はい。でも、運動神経ないし、みんなに迷惑かけてばかりだから、居心地が悪くて……」

「好きだけど、苦手ってことか」

「はい」

「俺もだよ」

「え?」

「俺も、校長という仕事が苦手だ」

彼は口をぽかんと開けていた。

「校長って面倒くさいんだよ。責任は背負わされるし、いろんなところから文句言われるし、たくさんの人に見られているからいつもちゃんとしてないといけない。ふつうの先生でいればよかったよ。授業やって部活やって悪ガキの世話をして、っていう、子どもと直接ぶつかり合ってるのが性に合ってた」

ドアがノックされ、教務主任が入ってきた。

「校長先生、お電話です」

「いないって言っておいてくれ」

「ですが、変な電話なんです。声が……」

「ボイスチェンジャー使ってるんだろう。最近よくかかってくるイタズラ電話だ。学校に火をつけるって脅してくるかもしれないけど、相手にしなくていい」

教務主任が戸惑いながら職員室へ戻るのを見送ってから、正和は広畑に視線を戻した。

「だけどもう我慢も限界だ。だから、今日一日だけ、俺は自分の立場を忘れることにしたんだ」

今回だけは、すべての問題を棚上げすることにした。どうせあとでなかったことになる一日なのだから、好きにさせてもらうつもりだ。

「だから君も今日は自由にしていいよ。部活が嫌ならサボればいいし、授業が面倒ならあそこで昼寝していてもかまわない」

正和はソファーを指さした。

「い、いや、大丈夫です。勉強は嫌いじゃないので」

「何だ、そうか。遠慮することはないのに」

落胆する正和を、彼は未知の生物を観察するような目で見つめていた。

始業直前まで、彼と話をした。別れ際、彼は同情するような顔を正和に向けた。

「校長先生も大変なんですね」

「そうなんだよ。今の俺は世界一大変なんだ」

「世界一、ですか?」

と言って、彼は笑った。昇降口に座り込んでいたころのどんよりした雰囲気は、もうなくなっていた。

一時間目が始まると、正和は職員室へ行った。野球部の顧問はいなかったので、代わりに秋山を呼んだ。

「広畑くんって、野球部ではどんな様子なんだ?」

秋山は、正和の口調がいつもと違うことに戸惑いを見せながらも、口を開いた。

「とにかく運動神経が悪くて、ボールもろくに投げられないみたいなんです。投げたボールがサッカー部の方に転がってきて、取りに来た子がサッカー部員とぶつかりそうになったことが何度かありました」

「何だって?」

そういえば、今朝のグラウンドは静かだった。

「秋山先生、今日、サッカー部と野球部の生徒が喧嘩しなかった？」

「いえ、そんな話は聞いてませんけど」

喧嘩のきっかけは、ボールを追いかけた野球部員がサッカー部員とぶつかったことだった。

その野球部員は、広畑が投げたボールを追っていたのではないだろうか。だとすると、今回は彼が朝練に参加しなかったため、サッカー部員との衝突もなかったということになる。

昇降口で塞ぎ込む広畑の姿が頭をよぎった。

広畑は、自分が周囲に迷惑をかけることを気に病んでいた。部活は必ず加入する、という伝統のせいで、彼のような子が苦しんでいるのかもしれない。

「秋山先生の言うとおり、部活に入らないという選択肢を作るべきかもしれないね」

「私、校長先生にそんな話しましたっけ？」

「四回も聞いたぞ」

「ええっ？」

うろたえる秋山を見ていると、愉快な気持ちになってきて、正和の口が自然に動いた。「真剣に検討してみるよ」

「本当ですか」

秋山が眉を開いた直後、背後から君沢の声が聞こえてきた。

「あの、村越さんのお母さんからお電話があって」

君沢は学年主任のところへ駆け寄った。「お父さん、今朝車に轢《ひ》かれたそうなんです」

「え？」

「足を骨折したみたいです。今日の面談もキャンセルになりました」

正和は信じられない思いで君沢の報告を聞いていた。なぜ今回に限って交通事故が起こるのか。悩む正和の脳裏に、村越が喧嘩の様子に見入っていた光景がよみがえってきた。

喧嘩がなかったので、村越はグラウンドの前で足を止めなかったのだろう。村越の行動にわずかな変化が起こった結果、彼は事故に遭ったのかもしれない。

正和は不憫《ふびん》に思うと同時に、残念な気持ちにもなった。今日は最初から、思いっきり村越と罵り合うつもりだったのに。

正和は校長室に戻り、仕事に手をつけることにした。どうせまた同じ一日を繰り返すのだから意味はないのだが、ほかにやることもないので、せめて今日が期限の書類くらいは提出しておくことにした。

すると、ものすごいスピードで仕事が片づいていった。それも当然のことで、これまで何回も同じ仕事を繰り返してきたのだから、手こずるわけがない。気分が乗ってきた正和は、期限が先の仕事も次々とこなしていった。

一日では終わりそうになかった仕事が、十六時半にすべて片づいた。

職員室へ行くと、教務主任以外誰もいなかった。グラウンドからは野球部員のかけ声が聞こえてきた。顧問に無理を言って練習に加わってみようか、いや、そういえば「至急」のスタンプがない郵便物を引き出しにしまったままだったから開封しなければ、などと思っていると、受話器を持った教務主任の硬い声が聞こえてきた。

「またあなたですか。あまりしつこいようだと警察を呼びますよ」

放火犯からの電話だ。

昼過ぎにも、校長宛にかかってきた電話を教務主任が受けていた。電話の主は放火を予告したが、正和はまともに相手にする必要はないと教務主任に命じた。

「ですから、校長は不在です。何か恨みでもあるんですか?」

うんざりした様子の教務主任が、突然はっとした顔になった。「もしかして、スズキ先生ですか?」

正和は教務主任の顔を凝視した。C中学校にスズキという名の職員はいない。

「そうですよね? スズキ先生ですよね?」

「ちょっと」

正和は教務主任の肩を叩いた。「スズキ先生って誰だ?」

「二年前に、一カ月で辞めた非常勤の先生がいたじゃないですか。突然学校に来なくなったので、僕が退職の意向を確認しに彼の家に行ったとき、いつかC中に火をつけてやる、って言われたんです」

「えっ……」

「あのときは言いませんでしたけど、実は校長先生のことをかなり恨んでいたんです。つらい思いをしたのに全然助けてくれなかった、って言ってました」

「その先生が退職したとき、校舎の鍵は返してもらった?」

「どうだったかな……急に辞めることになってバタバタしていたので、もしかしたら忘れていたかもしれません」

内部から火をつけたのだから、まだ鍵を持っていたのだろう。堂々と鍵を開けて校舎に入れば、警官も学校の職員だと勘違いするはずだ。彼は人が少なくなった夜に学校へ来て、誰もいなくなるまでどこかに身をひそめていたのではないだろうか。

「俺が出る」

急いで校長室に戻り、受話器を取った。

「校長の唯井です」

「いるじゃないか。どうして電話に出なかった」

「申し訳ない。忙しくて……」

「忙しい、ね」

ボイスチェンジャーの声は、吐き捨てるように言った。「だから二年前も、俺なんかの相手をする暇などなかったってわけか」

「あなたは、スズキ先生なんだね？　二年前のこと、話してもらえないか。僕があなたに何をしたのか教えてほしい」

「覚えてないのか？」

彼の憤りが受話器越しに伝わってきた。

「おい、そもそも俺のことは覚えてるか？」

正和は答えに窮した。わずかな沈黙を見て、相手は察したようだった。

「覚えてないのかよ」

声が地声になった。男性にしては少し高い声。おそらくまだ二十代だろう。だが、本人の声を聞いても、正和は彼のことを何も思い出せなかった。

「すまない」

やっとの思いで口を開いた。必死に放火犯の正体を考えていた自分が滑稽でならなかった。存在さえ記憶にない人物が犯人なのだから、真実にたどり着けるはずがない。

二年前、非常勤講師がすぐに辞め、後任がなかなか見つからずに苦労したことは記憶にある。だが、その辞めた講師がどんな人だったかは何も覚えていない。任用手続きは教頭が、面接は前任の校長が、彼のサポートは教務主任が行っていたため、正和とはほとんど接点がなかったのだ。

「僕は、あなたと話したことがあったのかな」

「生徒が俺を無視する、って相談したのに、あんたはろくに聞いてくれなかった。お前がしっかりしてないのが悪い、この程度で弱音を吐いてるようだと正規の教員にはなれない、って冷たくされた」

「ちょっと待ってくれ。本当に僕はそんなことを言ったのか？」

「俺が嘘ついてるっていうのかよ！」

彼は激高した。「あんたに言われた言葉を思い出さなかった日は一日もない」

「そうだったのか。当時の僕は校長になりたてだったから、余裕がなくて、つい心ない対応をしたのかもしれない」

「そんなの理由になるかよ」

「そのとおりだ。君が恨む気持ちはわかる。だけど、学校に火をつけるのは考え直してくれないか。学校だけじゃなくて、君の人生までメチャクチャになってしまう」

「もうなってるんだよ！」

悲痛な叫びが正和の耳を貫いた。彼の退職後の日々がいかに悲惨なものであったかを想像せずにはいられなかった。

「君はまだいくらでもやり直せるよ。僕にできることがあれば何でもする。もう一度、君の力になるチャンスを与えてほしい」

返事はなかった。どうするべきか迷っている気配を感じ取り、正和はさらに続けた。

「一度、僕と会ってくれないか。直接謝りたいんだ。僕に言いたいことがあったら何でも言ってくれ。ぼこぼこに殴ったってかまわない。学校に火をつけるより、そっちの方が君もよほどすっきりするんじゃないか？」

正和は自分の電話番号を伝えた。

しばらく沈黙が続いた末に、また連絡する、という声がして、通話が切れた。

放心状態に陥っている正和のところへ、教務主任が心配そうな顔でやってきた。

「大丈夫でしたか」

正和はうなずいた。

「ああ。たぶん、もう予告電話はないと思う」

「そうですか」

教務主任がほっとした顔になった。

「もう帰るよ。あとはよろしく」

正和は定時で学校をあとにした。

生徒の喧嘩、放火予告電話、終わらない書類仕事、教員からのクレーム、保護者との面談、教員のメンタルケア。いつの間にかすべての問題を解決していた。棒に振るつもりの一日だったが、これで明日に進めるかもしれない。

いや、解決なんてしていない。単に、先延ばしになっただけだ。たとえば村越は依然として学校に不満を抱いているだろうし、君沢もいつ限界が来るかわかったものではない。

だけど、先延ばしでいいのだ。根本的な解決なんて、簡単にできるわけがない。

学校という場所には、爆弾がいたるところに仕掛けられている。すべての爆弾を除去できるわけがなく、せめて爆発しないように気をつけながら日々をやり過ごすのが自分にできる精一杯なのだ。

かつてのC中の校長を事なかれ主義だと批判したが、事が起こらないというのがどれだけすばらしいことなのかが今では痛いほどわかる。現状維持というと聞こえは悪いが、今の状態を保てるだけでもたいしたものなのだ。

だが、正和は学校をよりよいものに変えたくて校長になったのだ。その意欲をとうに失っている上、たった二年前の部下を覚えてもいない自分に、校長を続ける資格があるとは思えない。

妻と娘には悪いが、やはり今年度限りで退職だ。金が足りないというのなら、せめて角中のように非常勤講師にでも就こう。

いや、もう教育に携わるのはやめた方がよさそうだ。

あのスズキという元職員が電話で話したことを、すべて真に受けたわけではない。彼の言い方だと正和は冷淡にふるまったことになっているが、正和が励ますつもりで言ったのを彼が曲解し、逆恨みしている可能性だってある。

だが、放火に走らせるまで追いつめた相手のことをまるで覚えていなかったという事実は、正和を打ちのめした。

彼だけではない。

正和は、これまで関わってきた数えきれないほどの生徒たちに思いを馳《は》せた。

長い教員生活の間に、どれだけ多くの生徒たちを無自覚のうちに傷つけてきただろう。向こうはいまだに恨んでいるのに正和にはまるで覚えがない、という例が、きっと山のようにあるのだ。

これ以上、恨まれる相手を増やすのはごめんだ。

商店街に近づくにつれ、あたりがにぎやかになってきた。そういえば今日は音楽祭が開かれていたのだ。

特設ステージの前に人だかりができていた。これからバンドの演奏が始まるらしく、スタッフの手によってドラムセットが運ばれているところだった。

正和は気晴らしに見ていくことにした。

「バンドが来てるのか、珍しいな」

「ボーカルの人がこの辺の出身らしいよ」

近くのカップルが話しているのが聞こえてきた。

バンドのメンバーが現れ、歓声が上がった。客は若者がほとんどで、C中の生徒も何人か見受けられた。

演奏の準備をする四人は、みな目つきが悪く、剣呑《けんのん》な雰囲気を醸し出していた。不良生徒がそのまま大人になった、という印象を抱いた。

演奏が始まったが、ふだん音楽を聴かない正和には、曲の良し悪しはさっぱりわからない。だが、正和はステージに釘づけになっていた。髪を振り乱して歌うボーカルの顔を、信じられない思いで凝視していた。

「嘘だろ……」

たまらず、正和はつぶやいた。「板東じゃないか」

C中にいたころから、彼は学校をサボってバンドの練習に参加していたことを思い出した。

彼らは音楽祭のトリだったらしく、演奏終了後、音楽祭の閉会式が開かれた。正和が主催者のスピーチを聞いていると、私服に着替えた板東が駆け寄ってきた。

「先生、久しぶり!」

「おう、元気だったか」

「元気元気! どうだった、カッコよかっただろ?」

板東は自慢げに胸を張った。屈託のない態度は、二十代半ばの青年がこれでいいのかと心配になるくらい、以前とまったく変わっていない。

「あれ、校長先生じゃない?」

「板東くんと知り合いなの?」

すぐ近くでC中の生徒がささやいていた。

「来てくれてよかったよ。手紙出した甲斐があった」

「手紙?」

「何回学校に電話してもいなかったから、手紙出したんだよ」

「そうだったのか？」

「もしかして届いてなかった？　C中に出したんだけど」

「あっ」

結局、「至急」のスタンプがない郵便物を開封しないまま退勤してしまった。あの中に、板東からの手紙が交じっていたのか。

「音楽祭に出演するからぜひいらしてください、ってお願いしたんです」

板東の背後から近づいてきた髪の長い女性を見て、正和は声を上げそうになった。彼女は、正和に「このままでは明日を迎えられませんよ」と忠告した人だったのだ。

「姉ちゃんだよ。実家の神社で宮司やってるんだ」

板東が紹介すると、女性は頭を下げた。

「弟が失礼な態度で申し訳ありません。ふだんはもっとしっかりしているのですが、先生と再会できてはしゃいでいるのでしょう」

「余計なこと言うなよ」

板東が姉を肘で小突いた。

「弟が手紙を書くなんて初めてのことでした。よほど先生に見ていただきたかったのでしょう。私も弟の望みが叶うことを切に願っておりました」

彼女は正和の耳元に口を近づけた。「ようやく来ていただけましたね」

「ま、まさかあなたがこの現象を……？」

正和にライブを見てもらうために、同じ一日を繰り返していたのか？　この人はいったい何者なんだ……？

　食い入るように彼女を見つめる正和の視線に、板東が割り込んできた。

「実は俺、今度メジャーデビューが決まったんだ」

「え？」

「プロになる、ってことだよ」

　正和は目を見開いた。まさか、そこまで本格的に活動していたとは。

「来月上京するんだけど、その前に見てほしかったんだ。バンドを続けられたのは先生のおかげだから」

　板東は照れくさそうにうつむいた。

「そうなのか？」

「俺が野球部をやめるって言ったとき、『自分がやると決めたことを途中で投げ出すような奴は、何をやったって成功しないぞ』って説教しただろ。そのときは何とも思わなかった。でも、バンド仲間と喧嘩別れしたりライブがうまくいかなかったりで、もう音楽をやめようって思うたびに、先生の言葉を思い出したんだ。あの言葉がなかったら、デビューなんて無理だっただろうな」

　しばらく考えを巡らせてから、正和は言った。

「俺、そんなこと言ったのか？」

「何だよ、覚えてねえのかよ！」

「すまん、最近物忘れがひどくてな」

「ずっと覚えてた俺が馬鹿みたいじゃねえか。じゃあ、俺に向かって、いずれC中の校長になる、って宣言したのも忘れてるのか?」

「いや、それは覚えてる」

「まさか本当になるとは思わなかった」

板東は愉快そうに笑った。「で、どうなんだ? みんなが居心地のいい学校になったか?」

「えっ?」

「そういう学校を作るって言ってただろ。何だよ、先生も結局、当時の校長みたいな奴になったのか?」

「そんなことはない」

反射的に正和は言い返していた。「今までは様子見だ。これから変えていくんだよ。お前に宣言したとおりにな」

「しっかりしてくれよ。そっちがちゃんとしてくれないと、先生の言葉を忘れずに頑張ってる俺が馬鹿みたいだろう」

板東の背後から、バンドのメンバーが「そろそろ行くぞ」と声をかけてきた。

「今日は見てもらえてよかったよ。曲が発表されたら絶対聴いてくれよ」

「ああ、約束する」

「忘れるなよ」

板東姉弟《きょうだい》と別れ、正和は駅に向かった。

自然と、足取りが弾んでいた。

板東に恨まれているかもしれない、と思っていた。まさか、正和の言葉をいつまでも大切にしてくれていたなんて、想像すらしていなかった。

無自覚のうちに多くの生徒を傷つけている可能性に、正和は怯えていた。だけど、傷つけるばかりではない。知らないうちに生徒を勇気づけていたことだって、きっとあるのだ。

それにしても困ったことになった。ついさっき、今年度限りで辞めようと決意したばかりなのに、早くも心が揺らいでいる。

一度目の九月三十日に、君沢に語った言葉がよみがえってきた。

「どれだけ嫌な思いをしても、たった一度、子どもからうれしい言葉をもらっただけで全部帳消しになるのが教師という生き物です」

板東は、大人になっても正和を困らせるつもりのようだ。ようやく固めた決意を、板東にあっさり帳消しにされてしまった。

電車に乗ると、正和はカウントダウンのアプリを開いた。来年の四月一日までと設定していたのを、二年後の同じ日に変えた。

「183」が、「548」へ。

足踏みどころか、ゴールが遠ざかってしまった。

やれやれ、と心の中でつぶやいた。

これではいっこうに、カウントダウンが進まない。

初出一覧

「シェルター」……………………小説宝石2022年7月号
「危険業務手当」…………………小説宝石2022年8・9月合併号
「事務の先生」……………………書下ろし
「妖精のいたずら」………………書下ろし
「カウントダウンが進まない」……書下ろし

大石 大（おおいし・だい）

1984年、秋田県生まれ。法政大学社会学部卒。2019年「シャガクに訊け！」で第22回ボイルドエッグズ新人賞受賞。同年単行本『シャガクに訊け！』を刊行しデビュー。著書に『いつものBarで、失恋の謎解きを』『死神を祀る』がある。

校庭《こうてい》の迷《まよ》える大人《おとな》たち

2023年 6 月30日　初版 1 刷発行

著　者　大石《おおいし》 大《だい》
発行者　三宅貴久
発行所　株式会社 光文社
〒112-8011　東京都文京区音羽1-16-6
電話　編　集　部　03-5395-8254
　　　書籍販売部　03-5395-8116
　　　業　務　部　03-5395-8125
URL　光　文　社　https://www.kobunsha.com/

組　版　萩原印刷
印刷所　新藤慶昌堂
製本所　国宝社

落丁・乱丁本は業務部へご連絡くだされば、お取り替えいたします。

ISBN978-4-334-91536-0